Goosebumps®

Goosebumps®

Goosebumps®

雞皮疙瘩 11

吸血鬼的鬼氣

Vampire Breath

R.L. 史坦恩（R.L.STINE）◎著

柯清心◎譯

致台灣讀者

讀者們，請小心……

我是R・L・史坦恩，歡迎到「雞皮疙瘩」的可怕世界裡來。

你是否曾在深夜裡聽到過奇怪的嚎叫？你是否曾在黑暗中聽到腳步聲——卻根本看不到人？你是否見過神祕可怖的陰影，幽幽暗處有眼睛在窺視著你，或者身後有聲音叫你的名字？

如果是這樣，你應該了解那種奇特的發麻的感覺——那種給你一身雞皮疙瘩、被嚇呆的感覺。

在這些書裡，幽靈在閣樓上竊竊低語；膽顫心驚的孩子忽而隱形；稻草人活了，在田野裡走來走去；木偶和布娃娃也有生命，到處嚇人。

當然，這些都是磨礪心志的好玩的嚇人事。我希望你們感到害怕，同時也希望你們大笑。這都是想像出來的故事。當然，最可怕的地方在你們自己心裡。

過個害怕的一天吧！

R L Stine

雞皮疙瘩 Goosebumps

出版緣起

人生從奇幻冒險開始

何飛鵬

城邦媒體集團首席執行長

我的八到十二歲是在《三劍客》、《基度山恩仇記》、《乞丐王子》中度過的。可是現在的小孩有更新奇的玩具、電玩、漫畫，以及迪士尼樂園等。

八到十二歲，正是孩子從字數極少、以圖畫爲主的繪本閱讀，跨越到漸漸以文字閱讀爲主的時期。也正是訓練孩子從圖像式思考，轉變成文字思考的重要階段。在這個階段，養成長期的文字閱讀習慣，能培養孩子敘事、分析、推理的邏輯思辨能力，奠定良好的寫作實力與數理學力基礎。

然而，現在的父母擔心，大環境造成了習於圖像、不擅思考、討厭文字的一代。什麼力量能讓孩子重回閱讀的懷抱呢？

全球銷售三億五千萬冊的「雞皮疙瘩」，正是爲了滿足此一年齡層的孩子的需求而誕生的！

無論是校園怪奇傳說、墓地探險、鬼屋驚魂，或是與木乃伊、外星人、幽靈、吸血鬼、殭屍、怪物、精靈、傀儡相遇過招，這些孩子們的腦袋裡經常出現的角色或想像，經由作者的生花妙筆，營造出一個個讓孩子們縱橫馳騁的魔幻時空、光怪陸離的神奇異界，經歷各種危急險難，最終卻又能安全地化險爲夷。這樣的冒險犯難，無論男孩女孩，無不拍案稱奇、心怡神醉！

本系列作品被譯爲三十二種語言版本，並在全球數十個國家出版，創下了出版史上多項的輝煌紀錄，廣受世界各地孩子的喜愛。作者史坦恩表示，這套作品之所以成功，是因爲多年的兒童雜誌編輯工作，讓他對兒童心理和兒童閱讀需求有了深刻理解——他知道什麼能逗兒童發笑，什麼能使他們戰慄。

我們誠摯地希望臺灣的孩子也能和世界上其他的孩子一樣，有更豐富多元的閱讀選擇。更希望藉由這套融合驚險恐怖與滑稽幽默於一爐，情節緊湊又緊張的「雞皮疙瘩系列叢書」，重拾八到十二歲孩子的閱讀興趣，從而建立他們的閱讀習慣，擁有一個快樂學習的童年。

現在，我們一起繫好安全帶，放膽體驗前所未有的驚異奇航吧！

專文推薦

戰慄娛人的鬼故事

國立臺北教育大學語文與創作系兒童文學教授　廖卓成

這套書很適合愛看鬼故事的讀者。

文學的趣味不止一端，莞爾會心是趣味，熱鬧誇張是趣味，刺激驚悚也是趣味。有人擔心鬼故事助長迷信，其實古典小說中，也有志怪小說一類，《聊齋誌異》就有不少鬼故事。何況，這套書的作者開宗明義的說：「這都是想像出來的故事」，不必當眞。

既然恐怖電影可以看，看鬼故事似乎也無妨；考試的書讀久了，偶爾調劑一下，對頭腦卻是有益。當然，如果看鬼片會連續失眠，妨害日常生活，那就不宜勉強了。

雋永的文學作品，應該有深刻的內涵；但不少兒童文學作品說教有餘，趣味不足。只要有趣味，而且不是害人爲樂的惡趣，就是好的作品。鮑姆（Baum）在《綠野仙蹤》的序言裡，挑明了他寫書就是爲了娛樂讀者。

倒是內行的讀者，不妨考校一下自己的功力，留意這套書的敘事技巧，由主角「我」來講故事，有甚麼效果？書中衝突的設計與化解，是否意想不到又合情合理？能不能有不同的設計？會不會更好？這是另一種引人入勝之處。

導讀

結局只是另一場驚嚇的開始

耿一偉
臺北藝術節藝術總監
臺北藝術大學戲劇系兼任助理教授

不知道大家還記不記得，小時候玩遊戲，比如捉迷藏等，都會有一個人要當鬼。鬼在這個遊戲中很重要，沒有鬼來捉人，遊戲就不好玩。這些遊戲的關鍵特色，不是人要去消滅鬼，而是要去享受人被鬼追的刺激樂趣。所以當鬼捉到人後，不是遊戲就結束，而是下一個人要去當鬼。於是，當鬼反而是件苦差事，因為捉人沒有樂趣，恨不得趕快找人來替代。所以遊戲不能沒有鬼，不然這個遊戲就不好玩了。

在史坦恩的「雞皮疙瘩系列」中，這些鬼所扮演的角色也是類似遊戲中的鬼，給我帶來閱讀與想像的刺激。各位讀者如果留意一下，會發現在他的小說中，都有一個類似的現象，就是結局往往不是一個對抗式的終局，一種善惡誓不兩立，以消滅魔鬼為最終目標的故事——這比較是屬於成人恐怖片的模式，不是你死，就是人類全部變殭屍。但「雞皮疙瘩系列」中，你的雞皮疙瘩起來了，可是結尾的時候，鬼並不是死了，而是類似遊戲一樣，這些鬼換了另一種角色，而且有下一場遊戲又要繼續開始的感覺。

礙於閱讀的樂趣，我無法在此對故事結局說太多，但各位看完小說時，可以再回想我在這裡說的，就知道，「雞皮疙瘩系列」跟遊戲之間，的確有類似性。換另一個角度來看，這些主角大多為青少年，他們在生活中碰到的問題，如搬家面對新環境、男生女生的尷尬期、霸凌、友誼等，都在故事過程一一碰觸。

「雞皮疙瘩系列」令人愛不釋手的原因，也在於表面上好像主角是鬼，但讀到一半，你會感覺到，故事的重點不知不覺地從這些鬼怪轉移到那些被追的青少年身上，鬼可不可怕不是重點，重點是被追的過程中，一些青少年生活中的苦悶，也被突顯放大，甚至在故事中被解決了。所以你會在某種程度感受到，這本書的內容是在講你，在講你的生活，在講你的世界，鬼的出現，只是把這些青春期的事件給激化了。

另一個有趣的現象，是從日常生活轉入魔幻世界的關鍵點，往往發生在父母不在身邊，然後主角闖入不熟識空間的時候——比如《魔血》是主角暫住到姑婆家、《吸血鬼的鬼氣》是闖入地下室的祕道、《我的新家是鬼屋》是新家的詭異房間……等等。

因爲誤闖這些空間，奇怪的靈異事件開始打斷平凡無趣的日常軌道，一段冒險展開了，一場你追我跑的遊戲開始進行，而父母們往往對此毫無所悉，不知道自己的兒女在故事結束時，已經有所變化，變得更負責任，更勇敢。

「雞皮疙瘩系列」的意義，也在這個地方。在平凡無奇充滿壓力的青春期校園生活中，有那麼多不快樂、有那麼多鬼怪現象在生活中困擾著我們，但這無法跟家長說，因爲他們不能理解，他們看不到我們看到的。但透過閱讀，透過想像力所引發的鬼捉人遊戲，這些不滿被發洩，這些被學校所壓抑的精力被釋放了。

幸好有這些鬼怪的陪伴，日子不再那麼無聊，世界可以靠自己的力量改變。

終究，在青少年的世界裡，鬼怪並不是那麼可怕，在史坦恩的小說中，也往往會有主角最後拯救了這些鬼怪的情形，彷彿他們不是惡鬼，而比較像誤闖人類世界的外星人……這也是青少年的焦慮，他們正準備降臨成人世界，這件事讓他們起了雞皮疙瘩！！

這句英文怎麼說

你沒辦法逃。
You can't run away.

1.

「夜裡，當狼人潛到你身後時，是悄然無聲，令你無法聽聞的。直到你感覺到他酸熱的氣息吹在你的頸後，你才會驚覺狼人已經在你後面了。」

我靠過去，在泰勒．布朗的脖子後吹了一大口熱氣，小鬼瞪大眼睛，連氣都快喘不過來了。

我很喜歡當泰勒的保母，因爲要嚇他實在太容易了。

「狼人的氣息會讓你全身僵硬，無法動彈。」我呢喃道，「你沒辦法逃，沒辦法踢腿或擺動手，這樣狼人就能輕輕鬆鬆的把你的皮剝掉了。」

我又在泰勒的脖子上吹了一口「狼」氣，這小鬼頭已經在發抖了，嘴裡還發出輕輕的嗚咽聲。

「別再講了啦，費迪，你快把他嚇死了！」好友卡蘿．史麥迪罵我。她在房間另一頭的椅子上，對我怒目而視。

泰勒和我坐在沙發上，我跟他坐得很近，可以放低聲音，好好的嚇嚇他。

「費迪——他才六歲而已，」卡蘿提醒我說，「你看他，全身都在打哆嗦了。」

「他最喜歡這樣了。」我告訴卡蘿，然後轉身看著泰勒。

「你半夜出去時，如果感覺到狼人在你脖子後面吹熱氣，千萬別轉身跑掉哦。」我低聲說，「別轉身跑唷，別讓狼人知道你看到他，否則他就會攻擊你！」

我大聲喊出「攻擊」兩個字，然後撲向泰勒，用兩手拚命搔他癢。

泰勒大叫一聲，同時又哭又笑的。

我把他搔到快沒氣了才罷手，我是個天才保母，一向知道何時適可而止。

卡蘿站起身來，抓住我的肩膀，將我從泰勒身上拉開。「他才六歲啊，費迪。」她又說了一遍。

我抓住卡蘿，將她扭到地上，然後開始呵她癢。「狼人又發動攻擊了！」我高呼一聲，同時仰著頭，邪惡的狂笑。

這句英文怎麼說

狼人又發動攻擊了！
The werewolf attacks again!

跟卡蘿來硬的，一向就不是明智之舉。

她一拳打在我的肚子上，痛到我眼冒金星。我真的看到星星了，紅色和黃色的星星飛了滿天。

我滾到一旁，大口喘著氣。

你有沒有被打到無法呼吸的經驗？挺難受的，覺得自己好像要掛了。

讓我見識「滿天星斗」是卡蘿的嗜好，她常這樣對我，而且通常一拳就可以奏效。

卡蘿很不好惹。所以她才會是我最好的朋友，我們兩人都很悍。遇到危難時，我們倆從不退縮！

到街上隨便找個人問問，大家都知道，費迪．馬提內和卡蘿．史麥迪這兩個人，千萬惹不得。

許多人以爲我們是姊弟，我想大概是因爲我們長得有點像吧。

我們倆就十二歲的人而言，都算個頭大的。卡蘿比我高一吋，不過我已經快追上她了。我們又都長著一頭黑色的捲髮，有著黑眼睛及一張圓臉。

自從四年級時卡蘿被我打敗後，我們就成爲好朋友了。她跟所有人說，四年級時，是她把我打倒的。

哼，門兒都沒有。

想知道我們有多悍嗎？

當老師在黑板上用粉筆劃出尖聲時，我們竟然很樂！

夠悍了吧。

總之，泰勒就住在我家對街，每次我去照顧他時，就打電話給卡蘿，她通常會一起來。泰勒喜歡卡蘿多過於我，她總能在我講故事把泰勒嚇得半死時，適時安撫他。

「泰勒，今晚是滿月耶。」我靠近窩在綠皮沙發中的泰勒說，「你有沒有看看窗外？看到滿月了嗎？」

泰勒搖搖頭，搔著自己短短的金髮。

他睜大一對碧眼，期待我繼續講狼人的故事。

我壓低聲音慢慢欺近說：「當狼人從滿月下走出來時，臉上的毛就會開始長

這句英文怎麼說

今晚是滿月。
It's a full moon tonight.

長。他的牙齒越來越長，越長越利，直至長到下巴才停止。他全身覆滿毛髮，像頭狼一樣，指尖上也長出了利爪。」

我用手指順著泰勒的T恤往下抓，他出聲驚喘。

「你嚇壞他了啦，」卡蘿警告說，「他今晚一定睡不著覺。」

我不理會卡蘿。「接著狼人就開始走路了，」我低聲朝泰勒貼過去，「他穿越森林，尋找受害者，找呀找，狼人又餓又急，走啊走，走啊走……」

我聽見客廳傳來腳步聲，那腳步重重的踩在地毯上。

一開始我以爲是自己的幻覺。

但泰勒也聽見了。

「走啊走……走啊走……」我呢喃地說。

泰勒張大了嘴。

沉重的腳步聲越逼越近。

坐在椅子上的卡蘿朝門口轉過身去。

泰勒拚命嚥著口水。

現在我們三個全聽到了。

聽到重重的腳步聲。

「有狼人！」我尖叫，「狼人真的來了！」

我們三個人一起高聲尖叫。

這句英文怎麼說

你們三個在做什麼？
What are the three of you doing?

2.

「拜託你們好不好。」狼人說。

來的當然不是狼人囉，是泰勒的爸爸。

「你們三個在做什麼？」布朗先生邊脫外套邊問，他跟泰勒一樣，有著一頭金髮和湛藍的眼睛。

「我們在嚇泰勒。」卡蘿說。

布朗先生翻翻白眼說，「你們上次不也把他嚇得半死嗎？」

「我們每一次都要嚇嚇他。」我答道，「泰勒很喜歡嘛。」我拍拍小鬼的背，「你很喜歡這樣──對吧？」

「大概吧。」他小聲的說。

泰勒的媽媽走進房間，一邊整理著自己的毛衣。「費迪啊，你又在跟泰勒講狼人的故事啦？」她問，「上回他做了一整晚的惡夢。」

「沒有，我才沒有！」泰勒抗議說。

布朗太太搖搖頭，口裡嘖嘖作聲。布朗先生分別給了卡蘿和我五塊錢美金，「謝謝你們照顧泰勒，要不要我走路送你們回去？」

「不必了。」我答道，他以爲我是膽小鬼嗎？「過個街就到了。」

卡蘿向我和布朗一家人道過晚安，可是我還不太想回去，因此便先送卡蘿回家。卡蘿就住在下一條街。

圓月的銀光灑在我們身上，月兒似乎跟著我們的行蹤，低低的飄在黑漆漆的房舍上。我們笑談著剛才的狼人故事，以及泰勒害怕的模樣。

我們絕沒料到，接下來換我們自己被嚇了。

而且是嚇到半死。

星期六下午，卡蘿來我家，我們衝到地下室玩桌上曲棍球。

這句英文怎麼說

上回他做了一整晚的惡夢。
Last time, he had nightmares all night.

幾年前爸媽把地下室改裝成一間很酷的娛樂室，裡頭擺了張標準尺寸的撞球桌和一臺漂亮的老式點唱機。爸媽在點唱機裡放進各式搖滾樂的舊唱片。

去年聖誕節，爸媽爲我買了一大臺氣式桌上型曲棍球。

卡蘿和我廝殺數個回合，你來我往的擊著塑膠盤，激戰數個鐘頭，玩得非常起勁。

我們兩個玩球，最後常是扭打成一團，跟電視上眞正的曲棍球賽一樣！

我們靠在球桌上，開始暖身，緩緩的來回在桌上推著球盤，並不企圖得分。

「你爸媽呢？」卡蘿問。

我聳聳肩，「不知道。」

她瞇著眼睛看我，「你不知道你爸媽上哪兒去？他們沒給你留紙條或什麼的嗎？」

我對她扮了個鬼臉，「他們常出去嘛！」

「大概是想擺脫你吧！」卡蘿說完大聲笑了起來。

我剛上完空手道課回來，便繞過球桌，對卡蘿比劃了幾招，結果不小心踢到她的膝蓋。

「喂——！」她氣得大叫，「費迪——你這個混蛋！」

當她彎身揉膝蓋時，我開玩笑的將她往牆上擠。

我只是在開玩笑而已，可是力道沒拿捏好。

卡蘿一時失去了失衡，重重的撞在裝滿舊盤子的古董瓷器櫃上，裡頭的盤子搖晃半天，幸好並沒有打破。

我放聲大笑，知道卡蘿並沒眞的受傷。

我伸手想將她從櫃子前拉起來，可是她大吼一聲，一頭向我撞來。

她的肩膀撞在我的胸口，我頓時嗆咳一聲，又見著滿天金星了。

卡蘿趁我大口喘氣時，從球桌上抓下球盤，抬手朝我擲了過來。

不過我抱住她的手，拚命想把球盤扭落。

我們笑成一團，不過卻打得非常認眞。

別誤會我的意思，卡蘿和我經常這樣，尤其是我爸媽出門時。

我從她手上奪下球盤——將球盤丟到房間另一邊，然後大喝一聲，使出一招

這句英文怎麼說

我聽見瓷盤的碎裂聲。
I heard the crash of broken plates.

扭轉乾坤，將她甩開。

我們兩個笑到快斷氣了，幾乎無法動彈。不過卡蘿再次揭竿而起，向我衝了過來。

這回她把我撞得連連後退……我一個沒站穩，兩手一鬆，便一頭撞在瓷器櫃上了。

「唉唷！」

我摔得很重，整個背部撞在木櫃側邊。

接著整個櫃子便傾倒下來了！

我聽見瓷盤的碎裂聲。

一秒鐘後，我無助的四腳朝天，仰跌在櫃子上。

「我的媽呀！」原本的吼叫變成了痛苦的呻吟。

接著是一片死寂。

我只能呆呆的躺在摔落的櫃子上，像隻翻了面的烏龜一樣，四肢在空中亂抓，渾身疼痛不已。

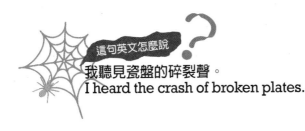

「慘了！」

我聽見卡蘿說。

簡簡單單的兩個字，「慘了」。

接著她趕過來，彎下身抓住我的手，將我拉起來。

我們倆從倒地的櫃子邊站開。

「對不起啦，」卡蘿低聲說，「我又不是故意的。」

「我知道。」我用力吞著口水，一邊揉著自己發疼的肩膀。「我們好像闖了大禍了！」

我們兩人雙雙轉身查看災情。

看到隱匿在老木櫃後的東西時，我們不禁失聲驚叫。

這句英文怎麼說

我們倆從倒地的櫃子邊站開。
We both stepped away from the fallen cabinet.

3.

「有暗門耶！」我興奮得大叫。

我們瞪著那扇門，那是用平滑的黑木做的，門把上覆著厚厚的灰塵。

我根本不知道櫃子後面會有門，而且我相信爸媽也不知道。

卡蘿和我朝著那扇門走過去，我用手在門把上抹了抹，拭去一部分的塵埃。

「這門通到哪裡啊？」卡蘿問，一面將黑髮自臉上撥開。

我聳聳肩，「天曉得。也許是儲藏室或什麼的吧！爸媽從沒提過地下室還有另一個房間。」

我用拳頭敲在門上，「裡面有人嗎？」我喊道。

卡蘿笑著大聲說：「如果裡面真的有人回答你，豈不是太恐怖了！」

我也笑了，眞的是滿爆笑的。

「怎麼會有人在櫃子後面設暗門？」卡蘿問，「沒道理嘛！」

「說不定裡頭藏了海盜寶藏，」我說，「也許裡面有個裝滿金幣的房間。」

卡蘿翻翻白眼，「太扯了吧，」她低聲說，「在俄亥俄這種內陸州，哪來的海盜？」

卡蘿伸手轉動門把，想要將門推開。

我想，別的小孩多半會有些遲疑，不會這麼急著想打開家中地下室的密門，甚至會有些害怕吧。

可是卡蘿和我則不然。

我們不是膽小鬼，我們不怕危險。

又非常強悍。

門沒打開。

「是不是鎖住了？」我問卡蘿說。

她搖搖頭，「沒有，是被櫃子堵住了。」

這句英文怎麼說

說不定裡頭藏了海盜寶藏。
Maybe there's pirate treasure hidden back there.

櫃子橫在門口，我們兩個一起扳住櫃子，卡蘿扶住頂端，我則扶著底下。

櫃子比想像中的沉重，主要是因爲裡頭還有碎掉的瓷器。不過我們不斷的推著，櫃子便慢慢從門邊滑開了。

「行了。」卡蘿在牛仔褲上擦著手說。

「行了，」我重說一遍，「咱們去瞧瞧吧！」

門把在手裡握來冰冰涼涼的，我轉了轉，然後將木門拉開。

由於門板十分沉重，因此開得十分緩慢，而且用力拉時，鏽了的鉸鏈還發出嘎嘎吱吱的聲音。

卡蘿和我擠在一起，將身子探進門內，朝裡頭窺望。

4.

我本來以爲裡面會是個儲藏室或舊爐室之類的房間。有些老房子——就像海珞蒂姑姑家的那種房子——會有堆放煤炭，用來生爐火的煤炭室。

可是我們沒看見房間。

我斜眼望向一片漆黑，發現眼前竟然是一條地道。

一條黑幽幽的地道。

我伸手觸摸著牆壁，是冷冷的石牆——又溼又冷的石牆。

「我們需要手電筒。」卡蘿輕聲說。

我又去摸那冰溼的石牆，然後轉身對卡蘿說，「妳是說，我們要進地道啊？」我問。

這句英文怎麼說

我們需要手電筒。
We need flashlights.

眞是白癡，我們當然要進地道囉。如果你在家裡的地下室發現了一條密道，你會怎麼做？

當然不會楞在入口處猶豫不決，進去探一探是一定要的啦。

卡蘿跟著我來到老爸的工作檯，我拉開了抽屜找起手電筒來。

「那地道通往哪裡？」卡蘿若有所思的皺著眉頭問，「說不定通到隔壁，把兩間屋子連在一起。」

「那個方向又沒有鄰居，」我提醒她說，「那邊是一塊空地，打從我住在這裡後，就一直空著。」

「一定會通到某個地方吧，」她說，「哪有地道哪裡都不去的。」

「說得好。」我嘲諷的答道。

卡蘿推了我一把。

我也往她背上推了一下。

接著我看到放工具的抽屜裡有個塑膠手電筒。卡蘿和我同時伸手去拿，兩人又打起來了，但這回只鬥了一下下而已。我從她手上搶下手電筒。

「有什麼了不起嘛！」她說。

「是我先看到的，妳自己去找一個。」

幾秒鐘後，卡蘿在工作檯上方的架子找到另一把手電筒，試手電筒時，她故意朝著我的眼睛直射，直到我對她大吼。

「好啦，好啦。」她說。

我們跑回門邊，手電筒的光線在地下室地板上來回交叉的掃射著，我站在門口，將光射入地道中。

卡蘿的燈光在石牆上躍動，只見牆上覆著一層綠綠的青苔。平滑的石地上，一窪窪的小水坑在燈光下閃閃發光。

「裡頭好溼哦。」我嘀咕著朝地道踏進一步，並沿著牆壁照看。

空氣頓時變冷了，我打著寒顫，因溫度驟變而感到驚訝。

「冷死了，」卡蘿同意說，「這裡頭簡直冷的像冰庫一樣。」

我舉起手電筒，直射正前方。「我看不見地道的盡頭，也許延伸好幾里呢！」

「只有一個辦法可以知道，」卡蘿答道。她舉起自己的手電筒，又照得我睜

這句英文怎麼說

只有一個辦法可以知道。
Only one way to find out.

不開眼，「哈——哈！活該！」

「不好笑！」我抗議道，同時也把手電筒的光往她眼睛上掃。我們打了一小場電光之戰，結果搞得兩敗俱傷，雙雙眼冒金星。

我轉身面對地道大喊：「哈——囉——囉——囉——！」我的聲音不斷的迴盪，「有人——人——在嗎——嗎——嗎——？」

卡蘿把我推到溼淋淋的石牆上，「閉嘴啦，費迪。你就不能認眞一點嗎？」

「我很嚴肅哪。」我告訴她說，「走，咱們進去。」我用肩膀撞她，想把她也撞到牆上，可惜她站得死穩，動都沒動。

爲了看清走道，我將光打在地上。

卡蘿則讓她的手電筒直射前方。

我們緩緩前行，繞開水灘，越是深入地道，空氣就變得越冷。

我們的鞋發出細碎的聲響，在石牆間迴盪，令人毛骨悚然。

約莫一分鐘後，我轉過身望了地下室門口一眼，那窄小的長方形亮光，感覺變得好遠好遠。

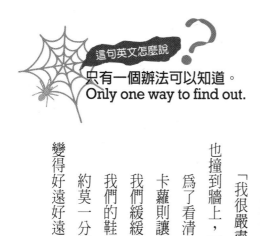

地道彎曲迂迴，石牆越行越窄，我突然一陣恐懼，但我決定不予理會。

沒什麼好怕的，我告訴自己說，不過就是個老舊無人的地道嘛。

「眞奇怪，」卡蘿咕噥說，「這地道能通到哪兒？」

「我們一定在隔壁那塊空地的下面了。」我猜道，「不過爲什麼會有人在空地下蓋地道呢？」

卡蘿用手電筒照著我的臉，並抓住我的肩頭，阻止我說：「要不要折回去？」

「當然不要。」我往後退開說。

「我也不想。」卡蘿很快表示，「我只是想知道你想不想回去而已。」

我們循著曲折的地道前行，同時拿手電筒照著潮溼的石牆。兩人跳過一大窪淹過整片地的水灘。

接著地道又是一個彎口，然後便看見門了。

又是一扇黑色的木門。

我們匆匆朝著門跑去，手電筒的光在門上跳動。

「哈囉，裡面有人嗎？」我喊道，「哈——囉——！」我用力敲著門。

這句英文怎麼說

要不要折回去？
Want to turn back?

沒有回應。

我抓住門把。

卡蘿又拉住了我。「萬一你爸媽回來了呢？」她問，「他們會很擔心的，他們不知道你在哪裡。」

「如果他們到地下室，就會看到櫃子倒在地上。」我答說，「然後他們會看到通往地道的門開著，就會知道是怎麼回事了，說不定他們會跟著我們進來。」

「也許吧。」卡蘿同意道。

「我們得瞧瞧門的另一頭有什麼。」我興奮的轉動門把，將門拉開。

這道門也非常沉重，打開時跟第一扇一樣嘎吱亂響。

我們舉起手電筒往裡面照去。

「是個房間耶！」我低聲說，「地道盡頭的房間！」

我們並肩走進一個方整窄小的房間。

「搞什麼嘛？裡面什麼都沒有，」卡蘿說，「只是個空房間而已。」

「不對，不是空的。」我輕聲答說。

我將燈光照向房間中央地板上的一大件物品。

我們倆盯著那東西猛瞧，半聲都不敢吭。

「那是什麼東西呀？」卡蘿終於憋不住問。

「是棺材。」

這句英文怎麼說

我以前從沒有見過棺材。

I've never seen a coffin before.

5.

我覺得自己的心臟頓了一下。

我並不害怕，但身體卻不由自主的發麻，冷冷麻麻的，大概是興奮過頭了吧。

卡蘿和我雙雙用手電筒照向地板中央的棺材，光團在漆黑的棺木上搖晃跳動，我們兩人的手都在發抖。

「我以前從沒有見過棺材。」卡蘿呢喃道。

我坦承說：「我也沒有，只在電視上見過而已。」

燈光映在漆亮的木頭上，我看見長長的棺木兩側，有著黃銅製的手把。

「萬一裡面有死人呢？」卡蘿悄聲問。

我的心臟又跳了一下，皮膚更是冷得發麻。

「我不知道，」我低聲說，「有誰會被埋在我家底下的密室裡？」

我舉起手電筒，環照房間。四面是光溜溜、灰平的牆壁，沒有窗，也不見任何櫃子，只有那道一百零一扇通往地道的門。

曲幽的地道盡頭的密室，地底密室中的棺材……

「我確信爸媽完全不知道這碼子事。」我告訴卡蘿說，然後深吸了一口氣，向棺木逼近。

「你要去哪？」卡蘿立刻問，她就站在門口附近。

「我們去檢查看看嘛。」儘管心頭狂跳，我還是硬著頭皮說：「咱們去瞧瞧裡頭有啥。」

「哇！」卡蘿大叫，「我……嗯……我覺得最好不要吧。」

我轉身看著她，手裡的光照在她臉上，只見卡蘿下巴抖到不行，正瞇著一對眼睛死盯著棺材。

「妳在害怕嗎？」我忍不住發笑問。

卡蘿竟然也會害怕？這倒是前所未聞哪！

這句英文怎麼說

如果你不幫我，我就自己動手。
If you won't help me, I'll do it myself.

「才怪！」她堅稱說，「我才沒有，不過我覺得也許我們應該找你爸媽來。」

「爲什麼？」我問，「爲什麼要找我爸媽來開一副舊棺材？」

我繼續用手電筒的光照著她的臉，我看到卡蘿的下巴又顫抖了起來。

「因爲棺材是不可以隨便亂開的。」她答道，一邊將手緊緊環在胸前。

「嗯……如果妳不幫我，我就自己動手囉。」我轉向棺材，用手去擦棺蓋。打過光的棺材摸起來又滑又涼。

「不行——等一下！」卡蘿大叫著趕到我身邊。「我不是害怕，可是……這樣做也許很不好。」

「妳在害怕。」我對她說，「而且妳快怕死了。」

「才沒有！」她堅稱道。

「我看到妳的下巴在發抖，而且是兩次喲！」我告訴她說。

「那又怎麼樣？」

「所以妳怕啦。」

「亂講。」她頗爲不屑的嘆口氣說，「看我的，我證明給你看吧。」

她將手電筒遞給我，然後扳住棺蓋，動手開始掀了起來。

「唉唷，好重哦！」卡蘿嘀咕著，「幫我一下吧。」

我的背脊一涼。

我打起精神，將手電筒放到地上，然後把雙手放到棺蓋上。

我彎過身，開始去掀蓋子。

卡蘿和我都使出全身的力氣。

一開始沉重的棺蓋動也不動。

不過接著便聽見棺蓋鬆動的聲音了。

棺蓋在我們手下緩緩掀動。

我們伏在棺材上推著棺蓋，直到棺蓋豎直爲止。

然後放開棺蓋。

我閉著眼，因爲我並不想知道裡頭有什麼。

但我又不得不看。

我斜眼瞄著打開的棺材。

這句英文怎麼說

我的背脊一涼。
A shiver ran down my back.

太暗了，什麼也看不見。

很好，我告訴自己，並鬆了一大口氣。

可是接著卡蘿彎身從地上撿起手電筒，同時將我的那把塞進我手中。

我們照著棺材內部，往裡頭瞧。

6.

棺材內鋪的紫絨布，在手電筒的照射下閃著紫光。

我們來來回回照著棺材內部。

「是——是空的！」卡蘿結結巴巴的說。

「不，不是空的。」我答道。

我的目光停在棺尾的一個物件上，那是紫絨布上的一個藍點。

當我靠近時，那藍點變得清晰可見了。

是個瓶子，一個藍色的玻璃瓶。

卡蘿也看見了，「奇怪！」

「是啊，太怪了。」我同意說。

這句英文怎麼說

太怪了。
Totally weird.

我們兩個繞到棺材尾看個仔細，我靠在棺材側邊探向瓶子，兩手簡直冰到了極點。

卡蘿伸手繞過我，拿起瓶子。

她將瓶子拿到我的手電筒燈光下，兩人一起審慎的打量著。

那瓶子圓圓的，呈深藍色，剛好是卡蘿手掌的大小。玻璃十分光滑，瓶口用藍色的玻璃塞封住。

卡蘿搖搖瓶子，輕聲說：「是空的。」

「棺材裡的空瓶子？太詭異了。」我喊道，「誰會把它留在這裡啊？」

「喂——瓶子上有標籤耶。」卡蘿指著貼在玻璃上的一小方紙說，「你看的出來寫什麼嗎？」她把藍瓶子拿到我面前問。

那張小標籤已經褪色了，上面的字體看起來很古老，我努力識讀。

那字跡磨損到幾乎只剩殘跡了。

我穩穩的握住手電筒，最後終於辨識出上面的字了：「吸血鬼的鬼氣。」

「呃？」卡蘿驚訝的張著嘴問，「你剛才是說『吸血鬼的鬼氣』嗎？」

我點點頭，「上面就是這麼寫的。」

「可是那是什麼玩意兒啊？」她問，「吸血鬼的鬼氣是什麼東西？」

「這可考倒我了。」我盯著瓶子說，「我從沒在電視上看過這種廣告！」

我的笑話並未引卡蘿發笑。

她轉著瓶子，想要找出更多線索，可是標籤上僅印了這麼幾個字——「吸血鬼的鬼氣」。

我將手電筒的光線移回棺材裡，看看我們有沒有漏失任何東西。我來回查看，又靠過去用手撫著紫絨布，那布摸起來又滑又柔。

當我回頭望向卡蘿時，她已經把手電筒塞到腋下，正用力在扭著瓶子上的玻璃塞了。

「喂——妳在做什麼？」我叫道。

「打開瓶子呀。」她答說，「可是瓶塞卡住了，我打不……」

「不行！」我大叫一聲，「快住手！」

她眨著一對黑眼，定定望著我，「你怕啦，費迪。」

這句英文怎麼說

我從沒在電視上看過這種廣告！
I've never seen it advertised on TV!

「是啊，我是說……沒有啦！」我支支吾吾的說，「我……嗯……我同意妳的說法，卡蘿，我們應該等我爸媽回來再說，我們應該讓他們看看這個情形，不能胡亂開棺材，把瓶子拿出來，又……」

看到她奮力拔著蓋子，我不禁倒抽了口冷氣。

我其實不是怕，只是不想做蠢事而已。

「給我！」我吼著伸手去奪瓶子。

「休想！」卡蘿轉過身躲開我。

接著瓶子從她手中掉落。

兩人就這麼眼巴巴的看著瓶子掉在地上。

瓶子跌下去，彈了一下，但是並沒有破掉。

可是瓶塞卻鬆脫了。

卡蘿和我雙雙俯視著瓶子，大氣也不敢喘一下。

我們等著。

不知道會發生什麼事。

7.

嘶——！

過了幾秒後，我才明白嘶嘶聲來自何處。接著我看到瓶口處噴出一股綠色的煙氣。

濃密的煙氣像泉水似的噴了上來，既冷且溼。我感覺那煙氣慢慢飄到了我的臉上。

「媽呀！」聞到鼻尖那股酸味時，我忍不住叫了起來。

我被嗆得向後退開幾步，整個人噁心欲吐。

我狂亂的揮動雙手，想把煙氣驅散。

「好噁哦！」卡蘿用手捏住鼻子，苦著臉叫道，「臭死了！」

這句英文怎麼說

實在太難聞了！
It smells so bad!

腥臭的霧氣纏繞著我們，不久，煙氣已在整個房間中蔓延開來了。

「我……我沒辦法呼吸了！」我喘道。

我也看不見了，那霧氣竟然遮去了手電筒的光！

「唉喲！」卡蘿呻吟著說，「實在太難聞了！」

我的眼睛刺痛，連舌頭上都可以嘗到酸味。我的胃在翻騰，喉嚨發緊，幾乎快吐出來了。

我想，我得把瓶子塞住才行，如果我塞住瓶子，這股噁心的霧氣就不會再噴出來了。

我跪下來，將手電筒放到地上，盲目的在地上亂摸，直至找到瓶子。接著我用另一隻手滿地摸索，終於給我摸到瓶塞了。

我掙扎著不讓自己吐出來，同時一邊將瓶塞塞回瓶口。

我站起來高舉著瓶子，以便讓卡蘿見到本人的壯舉。

卡蘿沒看到我，她兩手都摀在臉上，肩膀上下起伏著。

我將瓶子放下後，便作嘔了起來。我拚命一遍遍的嚥著口水，卻怎麼也無法將那噁心的味道自嘴中驅除。

發酸的霧氣又纏著我們繞了幾秒鐘，然後才沉到地上，漸漸的消逝。

「卡蘿——？」我終於擠出兩個字，「卡蘿——妳還好嗎？」

她緩緩放下摀在臉上的手，眨了幾下眼睛，然後轉身看著我。「噁心死了！」她低聲說，「怎麼那麼噁心哪！誰叫你要搶瓶子？都是你的錯。」

「什麼？」我倒吸口氣，「我的錯？怎麼會是我的錯？」

她點頭說，「本來就是你的錯，要不是你那樣搶瓶子，我絕不會把瓶子掉下來的，那麼——」

「可是原本想打開瓶子的人不是妳嗎！」我尖聲問，「還記得嗎？妳正在那邊拔瓶蓋！」

「噢。」她總算想起來了。

卡蘿在衣服跟牛仔褲上擦著手，想把那可怕的味道擦掉。「費迪，我們離開這吧。」

「好，咱們走。」我們總算有一次意見一致了。

這句英文怎麼說

可是原本想打開瓶子的人不是你嗎！
But you're the one who wanted to open it!

我跟著她往門口走，走到一半時我回頭看了一下。

瞄到棺材。

然後我驚喘一聲。

「卡蘿——妳看！」我悄聲說。

有個人躺在棺材裡。

8.

卡蘿尖聲大叫，抓住我的手臂，她抓得太緊，害我也跟著叫出聲來。

我們兩個縮在門口，回頭望著漆黑的房間。

瞪著棺材裡那團蒼白的東西。

「你怕嗎？」卡蘿呢喃道。

「誰怕——我嗎？」我咽聲說。

我不能在卡蘿面前示弱，便朝棺材走近一步，接著又是一步。卡蘿緊緊跟在我身邊。我們手裡的燈光抖得四處亂飄。

我的心開始狂跳，嘴巴突然發乾，根本不可能把手電筒拿穩。

「是個老人。」我低聲說。

這句英文怎麼說

一秒鐘前他還不在呀。
He wasn't there a second ago.

「可是他怎麼進去的？」卡蘿也低聲回問，「一秒鐘前他還不在呀。」她又捏我的手了。

可是我並沒有感覺到疼痛，因爲我太興奮、太驚奇，也太困惑了，根本無暇他顧。

他是怎麼躺進去的？

他又是誰？

「他死了嗎？」卡蘿問。

我沒回答，我躡手躡腳的來到棺材邊，用手電筒照著棺木。

那男的很老，而且頭髮全禿了，頭顱上的皮膚繃得很緊，光滑得有如燈泡。

男人閉著眼，緊抿的嘴唇蒼白的一如他的膚色。

一雙雪白而枯瘦的小手，交疊在他胸口。

男子穿著黑色的正式禮服，樣式看來極老。硬挺的白襯衫領口抵著他蒼白的臉頰，一雙亮黑的鞋子用的不是鞋帶，而是鞋釦。

「他死了嗎？」卡蘿又問了一遍。

「我想是吧。」我說。我從來沒看過死人。

卡蘿再次拉著我的臂膀，「我們走吧。」她低聲說，「我們離開這兒吧！」

「好。」

我很想離開，很想儘快離開那裡。

可是某種東西卻讓我欲走還留，某件事讓我僵在原地，望著那蒼白老邁的臉孔，注視那靜靜躺在紫棺中，動也不動的老人。

而當我盯著他望時，老人也張開眼睛。

眨動數次。

並且坐起身來。

9.

我倒抽了一口氣，搖搖晃晃的向後退開，如果不是撞到牆壁，只怕我早就跌倒了。

我手中的手電筒掉了下來，重重的摔在地上。

那聲音惹得老人朝我們的方向轉過來。

老人在卡蘿抖動不已的光束中眨了幾下眼，然後用蒼白細小的手揉揉眼睛，彷彿在揉著一對惺忪睡眼似的。

我的心跳有若擂鼓，都快從襯衫裡蹦出來了。我的太陽穴猛烈的脹動，呼吸變得又粗又重。

「我……我……」卡蘿結結巴巴的說。

這句英文怎麼說

我很想離開。
I wanted to leave.

我看到站在前頭，拿著手電筒照著棺材老人的卡蘿，全身抖得像片落葉。

「我在哪？」老人啞聲問道。他搖搖頭，一副眼花撩亂的樣子。「我在哪裡？我在這裡做什麼？」他瞇眼看著手電筒的光問。

老人蒼白光禿的頭顱在燈光下閃閃發光，連他的眼睛看起來都白得發銀。

他舔舔枯白的嘴唇，嘴裡發出乾澀沙啞的聲音。

「好渴，」他啞聲低語道，「我好渴好渴。」

他緩緩的坐起身，一邊大聲呻吟。

待老人坐直時，我看到他穿了件披風，那紫色的絲質披風，跟棺材裡的紫布顏色一樣。

他又舔舔乾枯的嘴唇，「好渴啊……」

接著他看見卡蘿和我了。

老人又眨眨眼，然後斜眼瞄著我們。

「我在哪裡？」他用可怕的銀眼盯著我們問，「這是什麼房間？」

「這裡是我家。」我答道，可是聲音卻細若蚊子。

這句英文怎麼說
你是怎麼進來的？
How did you get here?

「好渴……」他又嘀咕說。

老人一邊喃喃自語，一邊單腳跨出棺材，然後另一隻腳也跨了出來。

他滑出棺材，站到地上，落地時沒發出半點聲響。老人似乎很輕，彷彿根本沒有體重似的。

我害怕到頸背發僵，我想退後，但人已經貼到牆上，無路可退了。

我望著打開的門，覺得門口遠如百里。

老人舔著發乾的嘴唇，依然斜眼瞪視著我們，他朝卡蘿和我走近一步，一邊用手拉平身上的披風。

「你——你是誰？」卡蘿終於擠出一句話了。

「你是怎麼進來的？」我大聲說，聲音終於也恢復了。「你在我家地下室做什麼？你是怎麼跑進棺材裡的？」我連珠炮似的發問，「你是誰？」

老人停下腳，搔搔自己的禿頭，有一會兒，他似乎掙扎的在回想自己的身分。

接著他回答說：「我是夜翼伯爵。」他點點頭，好像在提醒自己，「沒錯，在下就是夜翼伯爵。」

卡蘿和我雙雙驚嘆一聲，接著我們同時發問。

「你是怎麼跑到這裡的？」

「你想做什麼？」

「你是——你是吸血鬼嗎？」

老人用手摀住耳朵，閉上眼，「吵死了……」他抱怨說，「拜託，輕聲點說，我睡了很久啊！」

「你是吸血鬼嗎？」我輕聲問。

「是的，我是吸血鬼，夜翼伯爵。」他點頭表示，然後張開眼望著卡蘿，接著又看看我，彷彿第一次見到我們兩個。

「沒錯——」他嘶嘶有聲的說，然後抬起臂膀，開始朝我們走過來。

「而且我很渴，渴得要命，我睡了很長一段時間，現在又飢又渴，非喝點東西不可。」

這句英文怎麼說

我們兩個從來不曾怕過。
We have never been the least bit scared.

10.

伯爵抬起手，抓住身上的紫披風，那袍子像翅膀似的在他身後張開，接著他騰空而起。

「好渴……」他舔著嘴唇，喃喃道。「渴死了……」老人的一對銀眼鎖定了卡蘿，彷彿想將她催眠，讓她定住不動。

我承認自己這輩子從沒這麼恐懼過。

我不是那種輕易受驚嚇的人，卡蘿也是。

我們在電視上看過不下百部吸血鬼電影，都覺得男人長著長長的獠牙，到處亂飛吸食人血，是件很可笑的事。

我們兩個從來不曾怕過。

但那只是電影，眼前卻是眞的！

我們剛目睹這傢伙——這個自稱「夜翼伯爵」的老傢伙——從棺材裡跑出來。而且那棺材就藏在我家地下室裡！

這會兒，他正張著雙臂，飄過房間向我們飛來，口裡叨念著自己很渴，而且還瞇著一對恐怖的怪眼，盯著卡蘿的喉嚨看！

是的——我承認自己很害怕，但還不至於怕到無法動彈。

「喂——！」我倒抽口氣抓住卡蘿的手，「快啊！」我大叫，「咱們走！」

卡蘿動也不動。

「卡蘿——走了啦！」我尖叫著拉她。

她抬眼望著吸血鬼的大白臉。

卡蘿沒動，也沒眨眼。

我用雙手拉住她的手臂，試著將她拖開，可是她卻定定的站在原地，僵硬得像尊雕像。

「好渴啊……」老人啞聲說，「我非喝點東西不可！」

這句英文怎麼說

別鬧了！
Snap out of it!

「卡蘿——別鬧了！」我大叫，「求求妳，別鬧了好不好！」

我使勁的拉她——將她拖到門口。

當我們來到地道時，卡蘿眨了眨眼，搖搖頭，然後吐出一聲驚叫。她掙脫我，開始狂奔。

我們奔出小房間，穿過彎曲的地道，鞋子在堅硬的石地上發出啪啪的聲響，那聲音在牆上迴盪，聽起來有如成千個在吸血鬼面前逃命的孩子！

我雖然兩腿發軟，卻咬牙疾奔。

我們跑過幽暗的地道，循著迂迴的石牆，卡蘿向前傾著身子，邊跑邊將兩手往前伸。

她一手緊抓住手電筒，那燈光四處搖晃，可是我們並不需要燈光，因爲我們知道自己要跑向何處。

卡蘿是個飛毛腿——跑得比我還快。當我們再次轉彎時，她的長腿重重踩著，而且已經遙遙領先在我前方了。

我往回瞄。

那吸血鬼還跟著我們嗎？

是的。

他就緊跟在後，貼著天花板飄飛，大披風在身後撲飛有聲。

「卡蘿——等等我！」我上氣不接下氣的喊。

前方出現一方亮光。

是門！是我家地下室的門！

我心想，如果我們能跑到門口就好了。

如果我們能跑回地下室，就可以把門關上，將伯爵關在地道裡了。

如果能跑回地下室，我們就安全了。

爸媽現在一定到家了，我想。拜託啊，你們一定要在家，求求你們啊！

前方門口的燈光亮塊越來越大了。

卡蘿沒命的狂奔，每一步都伴隨著沉重的喘息。我落在她身後數呎，盡全力奔跑，拚命想趕上她。

我沒回頭，卻聽見吸血鬼斗篷的拍打聲近在身後。

這句英文怎麼說

吸血鬼還跟著我們嗎？
Was the vampire following us?

卡蘿幾乎要到門邊了。

跑啊，卡蘿，快跑啊！我心想。

我的胸口都快炸開了，不過我更奮力的跑著，極力想趕上她，我想跑到門口，跳進安全的地下室裡。

「噢！」當我看到長方形的光塊開始變小時，我忍不住高聲驚呼，「門——門要關了！」

「不要啊——！」卡蘿和我同時哀號。

門轟的一聲闔上了。

卡蘿來不及收腳，一頭撞在門上，彈了回來，撞到整個人發暈。

我抓住她的肩頭讓她站穩，「妳還好吧？」

她沒答腔，只是望著緊閉的門。卡蘿伸手去抓住門把。

「費迪……」她低聲說，「你看！」

沒有門把！門的這一側並沒有手把。

我狂叫一聲，身子一縮，用肩頭抵住木門——然後用身體去撞，一次又一次

的撞著。

一點用也沒用。

我的肩膀撞得發疼，可是那扇門卻不爲所動。

「救命啊！」我大喊，「來人哪——救命啊！放我們出去！」

太遲了。

夜翼伯爵將我們困住了。

他無聲的降落，披風環身垂下，雪白的面容掛著一抹笑意。銀色的眼睛因興奮而發亮，一根舌頭在乾裂的唇上來回舔跳。

「繞過他。」卡蘿在我耳邊輕聲說，「我們跑回地道去，也許我們可以讓他一直追我們，追到筋疲力盡爲止。」

可是吸血鬼張起披風阻去我們的退路。

難不成他看穿我們的心意了？

他高舉著披風，走到卡蘿面前呢喃道：「好渴啊……渴死了！」

接著他低頭探向卡蘿的喉嚨。

這句英文怎麼說

我會幫你找點別的東西喝！
I'll get you something else to drink!

11.

「放開她！放開她！」我尖聲大叫。

我抓住老人的手腕，拚命將他拉開。

可是我僅抓到了斗篷。

「放她走！住手！」我拉著披風求道。

我根本看不見卡蘿，吸血鬼低頭飲血時，我僅見得到他的披風和肩膀而已。

「求求你——！」我求他說，「我會幫你找點別的東西喝，請你放了卡蘿吧！」

伯爵竟然抬起頭來了。他站直身體，從卡蘿身邊退開。

卡蘿抬起手放在喉頭上，揉著自己的脖子。她的眼睛驚懼的瞠著，下巴抖動不已。

「不太對勁。」夜翼伯爵搖著頭，皺著眉說：「很不對勁。」

我對卡蘿喊道：「他有沒有咬妳？」

卡蘿揉著脖子，啞聲說：「沒有。」

「有件事不太對勁。」吸血鬼不斷的輕聲說。他把手放到嘴邊。

我看著他張大了嘴，將手指伸入嘴中，他閉著眼，用指頭在嘴裡四處戳著。

「我的長牙！」他終於叫道，一對怪眼向外突起，嘴巴開得大大的說：「我的長牙！我的長牙不見了！」

他轉開身，再次檢查自己的嘴巴。

我見機不可失，用雙拳奮力捶著地下室的門。「媽！爸！你們聽得見嗎？」我大喊。

伯爵根本不理我，我聽見他在我身後哀吟。「我那對漂亮的長牙啊！」他嚎道：「不見了，不見了，沒有長牙，我會餓死的！」

他張大嘴給卡蘿和我看，他不僅沒有長牙，根本連牙齒都沒有，只剩下空空的牙齦而已。

這句英文怎麼說

他有沒有咬你？
Did he bite you?

「我們安全啦！」我低聲對卡蘿說。

我心想，他太老太弱了，沒法傷害我們。沒了長牙，這個老鬼傷不了我們。

「我們安全了！安全了！」我歡呼道。

唉，我真是錯得太離譜了。

12.

老吸血鬼用手指在嘴裡到處亂戳，同時不斷悲傷的搖著頭。最後，他嘆口氣，垂著雙手。

「完了，」他呢喃道，「完了，除非……」

「很抱歉我們幫不了你，」我說，「好了，麻煩你打開門，讓我們回家行嗎？」

夜翼伯爵揉揉自己的下巴，閉上眼，努力考慮了一會兒。

「是啊，放我們出去吧！」卡蘿堅持說，「我們幫不了你，所以——」

老鬼眼睛一張，「不過你們還是幫得上忙的！」他說，「你們會幫我的！」

我深吸一口氣，告訴他說：「不，我們不會，放我們走——現在就放！」

伯爵飛到我們上方，眼光在我和卡蘿之間來回掃視著，一對銀眼突然變得十

這句英文怎麼說

很抱歉我們幫不了你。
Sorry we can't help you.

分冷酷。

「你們會幫我的，」他輕聲說，「你們兩個都會——如果你們還想回家的話。」

我打了個寒顫，地道裡突然變得異常寒冷，彷若有道冷風從中貫穿。

我瞄著緊閉的門，心想，只差那麼一點，我們就安全返家了。

過了門的另一側，我們就沒有危險了，可是我們過不去，我們辦不到，半步之隔竟彷若千里之遙。

我回望著吸血鬼冷然的注視。

我發現他好邪惡啊，就算沒了長牙，他畢竟還是個惡鬼。

「那……你要我們怎麼做？」卡蘿支支吾吾的問。

「是啊，我們該怎麼做？」我也問道。

老鬼飄回地上，臉上表情柔和了些。

「你們有沒有看見那瓶吸血鬼的鬼氣？」

「有啊，」我答道，「我們在你的棺材裡找到的。」

「瓶子在你手上嗎？」他急急的伸手問道，「在你手上嗎？把瓶子給我。」

「不要。」卡蘿和我齊聲說。

「我們又沒拿。」我告訴他說，「我想我們把瓶子留在地上了。」

「我們……我們把瓶子掉到地上了。」卡蘿結結巴巴的說。

老吸血鬼倒抽口氣，「你們說什麼？你們把瓶子弄破了？把吸血鬼的鬼氣灑掉了嗎？」

「它是噴出來的，」我答說，「房裡都是煙霧，我們把塞子塞回去，可是──」

「我們得把瓶子找回來！」夜翼伯爵說，「我得拿到瓶子，如果瓶子裡還剩一點鬼氣，就可以把我送回我的時代了。」

「你的時代？」我問。

他斜眼看我，「你的衣服和頭髮都不對，你們兩個不屬於我的年代。」他說，

「現在是哪一年？」

我把年份告訴他。

他張大了嘴，喉嚨裡發出怪聲，然後喊道：「我竟然睡了一百多年！我非找

這句英文怎麼說

我會回到我的時代。
I will go back to my time.

到吸血鬼的鬼氣不可，它會送我回去，回到我還有長牙的年代。」

我定定的瞅著他，試著去瞭解他的話。

「你是說，你會離開嗎？」我問，「如果瓶子裡還剩有鬼氣，你就會回到一百多年前嗎？」

老吸血鬼點點頭，嘶嘶有聲的說：「沒錯，我會回到我的時代。」不過接著他眼神一冷，苦澀的說：「如果鬼氣還有剩的話，如果你們沒把它灑了就好了。」

「一定還有剩一點的！」我叫道。

卡蘿和我隨著伯爵穿回地道，他靜靜飄在我們前頭，斗篷在背後擺動。「好渴啊……」他不斷呢喃說，「快渴死了。」

「我真不敢相信我們竟然還會回那個房間。」我邊在平滑的石板地上前行，邊對卡蘿說道：「真不敢相信我們竟然要去幫吸血鬼的忙！」

「我們沒得選擇，」她答道，「難道你不想擺脫他嗎？」

我的鞋踩過一灘水，感覺冷水濺上了膝蓋。我們順著彎曲迂迴的地道來到一間窄小方整的斗室裡。

伯爵走近自己的棺木，然後轉身問我們：「瓶子呢？」

我從地上撿起手電筒扭開，一次、兩次，沒有光，一定是掉的時候摔壞了。

我將手電筒放回地上。

「瓶子呢？」老吸血鬼重申道：「我一定得拿到瓶子。」

「費迪好像把瓶子掉在棺材裡了。」卡蘿告訴他。

她走到房間中央，拿起手電筒上下照著鋪上紫絨布的棺材。

「沒有，瓶子不在棺材裡。」伯爵不耐煩的說：「在哪裡？你們一定得找到它，你們不瞭解我有多渴，我至少有一百年沒喝東西了！」

他倒是很能睡啊！我想。

「一定是掉在地上了。」卡蘿告訴他說。

「那就去找！去找啊！」吸血鬼尖叫道。

卡蘿和我開始在地上搜尋，我走在卡蘿身邊，因爲只有她有手電筒。

她拿著手電筒上下照著空蕩蕩的地板，卻絲毫不見藍瓶子的蹤影。

「在哪裡？哪裡啊？」我低語道。

這句英文怎麼說

我快要沒耐性了。
I'm losing my patience.

卡蘿說：「空房裡應該不難找才對！」

「妳想會不會是滾到地道去了？」

卡蘿咬著下唇，「我想不會吧。」她將目光從地板移至我身上，「我們沒把瓶子打破，對吧？」

「沒有，我把塞子塞回去時，把瓶子放在某個地方。」我答道。

我往上瞄了一眼，看見吸血鬼正怒視著我們。「我快要沒耐性了。」他警告說，一邊舔著乾巴巴的嘴唇，眼神冷冰冰的來回看著我和卡蘿。

「找到了！」卡蘿大叫，手上的光照著棺材底部，藍瓶子就側躺在那裡。

我衝過房間，快速彎下身，將「吸血鬼的鬼氣」撿起來。

伯爵的眼睛興奮的發亮，臉上露出慘白的笑容，「打開它——快點！」他喝道，「打開瓶子，然後我就會消失，回到我的年代，回到我那美麗的城堡裡了。再見了，孩子們，再見。打開瓶子啊，快點！」

我的手顫顫抖抖，我用左手緊抓住藍瓶，將右手放到瓶塞上。

我抓住瓶塞——將它從瓶子上拔開。

然後等著。

等著。

……什麼事也沒發生。

這句英文怎麼說

瓶子不是空的！

The bottle wasn't empty!

13.

接著我聽見咻的一聲。

一股綠氣自瓶口直衝上來，害我差點把瓶子掉到地上。

「太棒了！」我開心的大叫，瓶子不是空的！

那腥臭的氣味令我作嘔，我屏住呼吸，不過心中並不以爲意。

我看著霧氣越來越濃，直到看不見房間中央的棺材，看不見卡蘿，看不見那個老吸血鬼爲止。

濃密的霧氣翻騰旋繞不已。

我眞想歡呼跳躍，因爲我知道夜翼伯爵將化入煙霧中，那麼我們就安全了，再也見不到他了。

「卡蘿——妳還好嗎？」我喊道。我的聲音聽起來很不真實，被旋繞的霧氣弄得悶悶的。

「臭死了！」卡蘿咳嗆著說。

「閉住呼吸，」我告訴她，「上一次霧氣幾秒後就退掉了。」

「太噁啦！」她哀號道。

卡蘿就站在我附近不遠處，然而在一波波的濃霧中，我卻看不見她。

屋裡如此溼冷，我突然覺得自己像立在水中，站在海洋之下，被浪潮覆沒。

我盡可能的閉住氣，當胸口開始感到灼熱時，才大口將氣吐出。

我閉上眼睛拚命祈禱著，祈求霧氣能快快消散，跟以前一樣降到地上，然後消失掉。

我心中暗想——求求耶穌基督啊，求求觀世音菩薩啊——別讓卡蘿和我淹沒在這腥臭的霧氣裡。

幾秒後，我張開眼。

四周一片漆黑。

這句英文怎麼說

臭死了！
It stinks!

我眨了幾次眼，看見遠方有一方淡黃的燈光。

是窗子嗎？這屋裡沒窗子啊！我告訴自己說。

我轉身看到卡蘿，她正用力吞著口水，瞪大眼，緊張的四下環顧，「他……他走了。」她呢喃說，「費迪——吸血鬼走了。」

我斜望著昏黃的燈光，「可是我們在哪呀？」我低聲指著屋子盡頭敞開的窗子。「以前那邊沒有窗戶啊！」

卡蘿咬著下唇，「我們在不一樣的房間裡，」她輕聲說，「這房間好大，而且……」

她住口不說了。

「棺材！」我大叫一聲。

當我的眼睛適應光線後，昏暗中的形影便漸次清晰了。我發現我正望著兩列排得又長又直的棺材。

「我們在哪兒？」卡蘿叫道，聲音中掩不住的恐懼。「一定是某種墳場或之類的地方！」

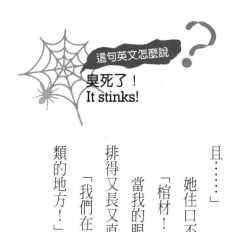

「可是我們在室內，這裡不是墳場，而是間房間，一個極長的房間。」

我抬眼看著高聳的天花板，兩盞玻璃吊燈垂掛了下來，上頭的水晶在微弱的月光下閃著晶光。

黑暗的牆上掛滿了大型油畫，即使光線不足，還是看的出是肖像畫，畫著各種面容嚴肅，穿著正式黑衣的男男女女。

我轉身看著那兩排棺材——心中默默數著。「房裡至少有二十幾副棺材！」我低聲對卡蘿說。

「全都整整齊齊的排成兩列……費迪，你想會不會是……？」

「他把我們一起帶來了。」我呢喃說。

「什麼？」卡蘿咬著唇。

「夜翼伯爵呀，他把我們也一起帶來了。」我重說一遍，「他應該獨自返回自己的城堡，他說他會消失，而且永遠不會再見到我們，可是他把我們也一起帶來了，卡蘿，我想一定是這樣的。」

卡蘿直直瞪著前頭的兩排棺木，叫道：「他怎麼可以那樣！他不可以那樣啊！」

我正想回答，卻被一陣聲響止住。

一陣吱嘎聲。

又聽見另一記吱嘎聲，這回更近了，寒意竄上我的背脊。

卡蘿抓著我的手，她也聽見了。

「費迪——你看！」她悄悄說。

我睨視著昏光，低聲說：「是那些棺材——！」

那些棺材全都吱吱嘎嘎的慢慢打開了。

這句英文怎麼說

他把我們一起帶來了。
He took us with him.

14.

棺材蓋緩緩掀開了，我看見一雙雙蒼白的手從棺材裡慢慢的將蓋子推開，然後一個個停住。

卡蘿和我抱在一起，既無法動彈，也無法將眼神從那可怕的景象上移開。

當吸血鬼一個個站起來時，我聽見聲聲低吟與嘆息，看見乾瘦如柴的手抓著棺材邊側，我聽見咳嗽聲，是他們在清著乾澀的喉嚨。

吸血鬼們緩緩坐起身，月光映得他們臉孔發黃，陰沉的眼神中銀光隱現。

「噢——！」高聳的圍牆間迴盪著陣陣的呻吟與骨頭喀啦的亂響聲。

他們看來如此老邁，比你在街上見過的人瑞都來得老。他們的皮膚又薄又緊的，連底下的骨頭都依稀可見。

這句英文怎麼說

卡蘿和我抱在一起。
Cara and I huddled together.

這不是活骷髏嗎，我心想。隨著他們的走動，身上的骨頭也跟著劈啪作響。

「噢——！」他們將自己拉坐起來，一個個將枯瘦的腿跨出棺材。

卡蘿和我終於能動了，我們退回牆邊的陰影中。

我聽見更多咳嗽聲。窗口邊有個白髮吸血鬼，正趴在他的棺木邊咳得震天價響。

「好渴啊……」我聽見其中一個低聲說。

「好渴啊……渴啊……」其他吸血鬼複誦道。

他們從棺材中出來，邊活動筋骨邊出聲呻吟。

「好渴啊……渴死了……」一群吸血鬼唸道。他們的聲音又乾又啞，彷彿喉嚨發了炎，只喊的出氣音。

他們全都穿著黑衣，是那種正式的黑西裝，高挺的白襯衫衣領抵著他們的下巴。其中一些還穿著發亮的長披風，他們用枯白的手指整理身上的披風，並將披風撥到瘦削的肩膀後。

「好渴啊……好渴啊……」他們銀色的眼睛隨著他們越是清醒，就越是發亮。

接著，他們在兩列棺木間開始揮動枯瘦的臂膀，一開始是緩緩的，一堆手臂因上下擺動而嘰嘰嘎嘎響作一團。

白晰蒼老的臉孔上，是一對對發亮的銀眼。

上，下，上，下，他們的臂膀越揮越快，口裡還嗚嗚有聲，那聲響在天花板與牆壁間震盪。

現在他們拍得更急了，拍呀拍，揮呀揮。

卡蘿和我目不眨眼的望著，那些噁心而呻吟不斷的老人開始縮小了，舞動的手臂變成了揮振的翅翼，如囓齒類動物的面容上，也生出了紅色的眼睛。

頃刻間，他們全都縮小幻化成撲著翅膀的黑蝙蝠了。

接著牠們用紅眼轉向卡蘿和我。

這句英文怎麼說

牠們看見我們了嗎？
Did they see us?

15.

牠們看見我們了嗎？

牠們能看見躲在陰影裡，背貼著牆壁的我們嗎？

蝙蝠群在打開的棺材上翻飛，翅膀在月光下銀亮閃動。

我聽見一陣窸窣聲，初聞像是蛇的吐信，但那聲音很快便轉爲嘶嘶之聲了。

蝙蝠群張開嘴，露出尖黃的牙齒——並嘶嘶作響。好可怕的聲音啊！一記尖銳憤怒的哨聲越響越高，直至蓋過拍翅聲。

那是攻擊的信號。

現在牠們已經清醒了，準備出擊，準備將我撲倒在地，將那些尖利的獠牙刺入我的皮膚裡了，並吸飲……吸飲我的……

「費迪——！」卡蘿大叫著舉手護住自己的臉，「費迪——！」

尖銳的嘶聲環繞著我，彷彿發自我的頭顱內，我摀住耳朵，想擋去那聲音。

我掩著耳，望著牠們紅亮的眼睛——並等待牠們攻來。

然而令我詫異的是，嘶嘶作吼的蝙蝠並未朝我撲來。

牠們越飛越高，然後轉身排成一列，自房間另一頭的窗口飛出去了。

我張大了嘴，才發現自己剛才一時忘了呼吸。

看著牠們在月光下漸飛漸遠，泛光的翅翼快速舞動，而嘶嘶聲也隨著牠們逐漸遠去。

我深吸一口氣，然後緩緩吐出。「卡蘿，」我低聲說，「我們沒事了，牠們沒看見我們。」

她點點頭，但沒答腔。

卡蘿額前貼著一大片黑髮，她顫著手將頭髮撥到後面。

「我的天呀。」她搖頭呢喃道，「我的天呀。」

「我們沒事了。」我又說了一遍，眼睛檢視著長長的房間。

這句英文怎麼說

你們不屬於這裡。
You do not belong here.

房間內打開的棺木直伸至窗口，棺材的黑木在月光下泛著光，長長的棺影沿地散佈。

「我們現在沒事了。」我又對卡蘿說，「現在房裡只剩我們了。」

聽到身後傳來的腳步聲時，我們兩人驚得大叫。

我聽見有人在清嗓子。

我火速轉身，差點跌倒。

夜翼伯爵拿著火炬大步走進房裡，火炬的光在他平滑的臉上躍動，他的銀眼因驚訝而瞪得斗大。

「你們兩個在這裡做什麼？」

我張嘴想回答，卻啞不成聲。

「你們不屬於這裡。」老吸血鬼低吼說，他將火炬拿在眼前揮舞，火炬拖出一條長長的橘光。「你們沒有權利跑到這裡，這是我的年代，而這裡是我的城堡。」他飛離地板，眼睛突然發出黯光，他一再重申：「你們不屬於這裡！」

「可是……可是……」我結巴的說不出話，心中既怕且怒，又惶惑不已——

五味雜陳至極。

「可是，是你把我們帶到這兒來的呀！」卡蘿憤怒的抗議著。她指著老鬼罵道：「我們可沒賴著你！」

「她說的對！」我的聲音終於恢復了。「你答應會讓我們離開，並讓我們留在那兒的，可是卻把我們一起帶回城堡裡來。」

伯爵仍飄在離地數呎的高度，他一手拿著火把，一手撫摸著單薄的下巴。

「嗯……」他盯著我們低聲說：「嗯……」

「你得送我們回去。」卡蘿手插腰的對他說。

「是啊！」我同意說：「送我們回去——現在就送我們回去。」

夜翼伯爵靜靜垂降而下，他在搖曳的火光中，看來突然格外疲累。他眼中的光彩褪去了，嘆了口氣。

「只要送我們回去就好了。」卡蘿堅持道，「我們不會告訴任何人曾經見過你，我們會把整件事都忘掉。」

老吸血鬼將披風撥到背後，搖頭低聲說：「我沒辦法送你們回去。」

這句英文怎麼說

我是個吸血鬼，不是魔術師。
I'm a vampire--not a magician.

「爲什麼？」我問。

他又嘆口氣說：「我不知道怎麼送你們回去。」

「呃？」卡蘿和我都倒抽了口氣。

「我不知道如何送你們回去。」伯爵又說了一遍：「我是個吸血鬼，不是魔術師。」

「可……可……可是……」我又結巴了起來，整個身體因恐懼而顫動。

「那麼我們怎麼辦？」卡蘿尖聲問。

老吸血鬼又聳聳肩，輕聲答道：「這不成問題，根本不成問題，一旦我找到長牙，就會吸你們的血，把你們也變成吸血鬼。」

16.

「可是我們想回家啊！」我高叫著說。

「我們不想變成吸血鬼！」卡蘿吼道：「不公平！我們幫過你忙，現在你也得幫我們！」

老吸血鬼沒聽見我們說話，我看到他的眼睛在橘紅色的火光中，變得迷離起來，只見他整個身體隨著火光忽隱忽現。

「吸血鬼的鬼氣，」他低聲說，「我需要它——現在就要。」

「那就立刻送我們回去！」卡蘿命令他說，「我是說眞的，快送我們回去！」

我握緊拳頭，氣到發狂！

我的意思是，我們幫他返回城堡，而他卻是怎麼回報我們的？

這句英文怎麼說

你得送我們回家！
You've got to send us home!

我試著想像城堡裡的生活情形——整天睡在棺材裡，等夜晚醒來，變成蝙蝠，然後趁夜飛出去，滿山遍野的找脖子吸血。

而且是永遠如此，永世不得翻身。

光是想，就令我渾身發毛了。

我發誓，我再也不會因爲照顧小泰勒，而怨東怨西了。

接著，一個可怕的念頭令我心頭一震：說不定，我再也見不到泰勒那個小鬼頭了。

或者爸媽，或任何一個我的朋友了。

「你得送我們回家！」我對伯爵吼道，「非送不可！」

他在我們面前來回踱著步，火光也跟著搖擺跳動。他沒留意我們，我覺得他甚至忘了卡蘿和我還在屋子裡。

「吸血鬼的鬼氣，我一定得找到吸血鬼的鬼氣。」他重複說。

那瓶子跑哪去了？我們在小房間打開瓶子時，我明明握在手上的啊。

我搜視著地板，完全沒有發現瓶子的蹤影。

我想，八成是我們回到過去時消失了。

「你需要瓶子做什麼？」卡蘿問。

老吸血鬼瞇起眼望著她，輕聲說：「吸血鬼醒著時，每天都需要用到鬼氣。我們無法光靠血存活。」

卡蘿和我瞅著他，等他繼續往下說。

「我們全都集體住在我的城堡裡，」他用嘶啞的聲音解釋道，「我們會住在這裡，是爲了方便取得鬼氣，我們每人有各自的瓶子，大家審慎的守護著它們。」

他嘆口氣，「可是現在我想起來了——鬼氣的供應短少了，我已僅剩最後一瓶了，我一定得找到瓶子，非找到不可！」

「可是鬼氣對你有什麼好處？」我問。

「所有想的到的好處！」伯爵吼道，「鬼氣對吸血鬼來說，效用無窮！它讓我們能穿越時空，讓我們隱形後能再度現身，讓我們的皮膚保持光滑明亮，賜與我們精力，讓我們入眠，使我們的骨骼免於乾化成粉末，讓我們的口氣保持清爽！」

這句英文怎麼說

鬼氣能讓我們恢復記憶。
Vampire Breath restores the memory.

「哇！」我搖頭低聲說。

「可是它怎麼能幫你找到長牙？」卡蘿問道。

「鬼氣能讓我們恢復記憶。」老吸血鬼告訴她說。「當你活了幾百年，就很難記清事情了。鬼氣能讓我想起自己把長牙擺在哪裡。」

他轉身盯著我，「瓶子還在你那兒嗎？」

我可以感到他那對銀眼的威力了，那眼神在我體內燃放，想看透我的心思。

「沒……沒有！」我支吾道，「瓶子不在我這裡。」

「可是有瓶子也沒用啊，」卡蘿喊道，「我們已經把瓶子倒空了，記得嗎？整個瓶子都倒空了才把你送回來的。」

伯爵不耐煩的搖搖頭，「那是未來的事，」他打斷我們說，「那是一百多年後的事，現在是一八八〇年，記得嗎？在一八八〇年時，瓶子還是滿的。」

我的腦袋一團亂，我靠在棺材邊，努力想弄懂他的話。

老吸血鬼又開始踱步了，他若有所思的撫著下巴說：「我把瓶子藏在某個地方了，藏在一個別人在我休息時找不到的地方。可是在哪？我藏在哪裡？我一定得找到，一定得找到。」

他從我們身邊轉開，紫色的斗篷飄到他身後，橘色的火炬在他面前跳動，隨著他飄到門口。

「哪裡？在哪裡？」他搖頭自問。

幾秒鐘後，伯爵消失了。

卡蘿和我被丟在擺著兩排棺材的長房裡。

卡蘿不悅的嘆口氣，指著棺材開玩笑的說：「希望我的棺材能靠近窗邊，因爲我喜歡新鮮空氣。」

我仍靠在最近的棺材上，站直身，憤怒的用手拍著棺材吼道：「我簡直無法相信！」

「我只有十二歲啊。」卡蘿哀嘆道，「我還不想死，然後死了以後，又永遠死不了！」

我努力嚥著口水，「妳知道我們該怎麼辦吧？」

我輕輕說道：「我們得趕在夜翼伯爵之前，先找到瓶子。如果他先找到瓶子，

這句英文怎麼說

我有個更好的辦法。
I have a much better plan.

讓牙齒長回來，那我們就死定了。」

「我不這麼認爲。」卡蘿很快反駁，「我有個更好的辦法。」

「更好的辦法？什麼辦法？」我問。

17.

卡蘿瞄著門口，然後看著我低聲說：「我們得離開這裡。」

「這就是妳的辦法啊？」

我叫道，「就這樣？這算哪門子辦法？」

她點了點頭，然後把手指放在唇上，「如果我們逃離城堡，也許就可以找到援助了。」

她解釋著，「如果我們留在這裡，無論如何都是死路一條，如果我們留在這裡，就會受伯爵的掌控。」

「我們能有什麼援助？」我反駁道：「別忘了，這是一百多年前哪，城堡外的人怎麼可能幫我們返回未來？」

這句英文怎麼說

這簡直是在浪費時間。
This is a waste of time.

「我不知道。」卡蘿不高興的回答：「我只知道，我們若繼續留在這個可怕的城堡裡，就連一點機會都沒了。」

我張嘴想反駁，卻說不出話來。

也許卡蘿說的沒錯，逃跑是我們唯一的機會。

「走吧。」她低聲說，然後抓住我的手，將我拖過一排排的棺材邊。

我不依，「我們要去哪？」

她指說：「到窗邊，看看我們能不能爬出去。」

這房間跟我們學校的體育館一樣長，我們迅速穿過兩排打開的棺木，我的眼睛忍不住一直看著它們。

棺木裡睡著吸血鬼。

我們穿過棺木時，我腦海裡浮現了這句話。

卡蘿和我也許很快就會睡進去了。

我打著哆嗦，止住步子。「卡蘿，快看。」我指著前方的窗子，「這簡直是在浪費時間嘛！」

她嘆了口氣，明白了我的意思。

那扇大窗子蓋在牆頂高處，高過我們頭部甚多。

就算拿梯子，我們也搆不著。

「想從窗子出去，唯一的辦法就是用飛的。」我輕聲說。

卡蘿皺皺眉，抬眼望著窗子說：「但願我們兩個後半輩子不用拍著蝙蝠翼，從那扇窗口飛進飛出。」

「一定有辦法逃出這座城堡的，」我勉強自己打起精神對她說：「走吧，咱們去找前門。」

「費迪，不行！」卡蘿將我拉了回來，「我們不能這樣大刺刺的在走廊上亂跑，伯爵會看見我們的。」

「小心一點就好了嘛！」我說，「走啦，卡蘿，我們會找到辦法出去的。」

我們轉過身，肩並肩的穿過一個個空了的棺材，再走出門來到燈光昏暗的長廊上。

長廊看似綿延數里，黑色的木門在兩側排開，全都緊緊關著。每扇門上都點

這句英文怎麼說

一定有辦法逃出這座城堡的。
There's got to be a way out of this castle.

了盞瓦斯燈，柔柔的散放著黃光。

我的鞋子陷在軟厚的藍地毯裡，空氣聞起來酸酸的。

我回頭望著棺材房，一個棲踞在門上的醜陋石雕怪獸正狠狠的瞪著我。

我避開石雕邪惡的眼神，四下望著長廊。兩排木門伸向兩方，「往哪邊走？」我輕聲問。

卡蘿聳聳肩，「無所謂，我們只要找扇門或窗子，逃到外頭就行了。」

我們悄悄的走過厚軟的地毯，瓦斯燈散放出昏暗的光芒。我們的影子似乎也跟著我們躲在後頭了。

卡蘿和我在第一扇門口前停了下來，我抓住門把轉動，沉重的木門嘰嘎一聲打開了。

裡頭是一個擺滿家具的方型大房間，家具全覆著白布，被蓋覆著的長椅邊，椅子堆得有如一座小山般高。發黑的壁爐旁，立著一座老式時鐘，守候著這整個房間。

卡蘿指著遠處牆上垂掛的厚黑布說：「那塊布簾後一定有窗子，我們過去看看吧。」

我們衝過房間，我的鞋子在地上滑了一下。我低頭一看，地上竟然積了幾近一吋的灰塵。

「這房間大概很久沒人用了。」我說。

卡蘿沒回話，她拉著厚布簾的一頭，我伸手幫她。布簾拉開了，後面是一片佈滿灰塵的窗子。

「太棒了！」我叫道。

「才不棒呢！」卡蘿悶聲說。

我立刻明白她的意思，因爲窗外裝了厚重的黑鐵窗。

「噢。」卡蘿悲吟一聲，將窗簾拉回原處。

我們又趕回走廊，試試對面的門。

我們走進一個滿是行李箱的小房間，堆堆疊疊的行李，高達天花板。

這房間沒窗子。

下一個房間中央有張老舊的黑色大木桌，和整面牆的古書。

這句英文怎麼說

這座城堡跟監獄一樣。
This castle is like a prison.

我急忙拉開窗簾——又是一扇覆滿塵垢的窗子，窗子上一樣也加了厚重的黑鐵窗。

「奇怪！」我低聲說。

「這座城堡跟監獄一樣。」卡蘿顫聲說，黑色的瞳孔中閃著恐懼。「可是一定會有辦法出去的吧？」

我們回到長廊，當我聽到輕輕的振翅聲時，便停住腳。

是蝙蝠的翅膀嗎？

是吸血鬼回來了嗎？

卡蘿也聽見了，她悄聲說：「快！」

我們打開下一扇門衝進去，小心的關上門，然後轉身，發現自己置身在一大間餐廳裡。

長長的餐桌幾乎佔滿了房間，桌上除了中間擺放的大燭臺外，什麼也沒有。燭臺上還留著白色的殘燭，桌面上一灘灘的蠟液，全埋在灰厚的塵埃下了。

「這裡很久沒人進來過了。」我咕噥說。

卡蘿已經走到窗邊拉開了窗簾——又是一扇鐵窗。

「啊！」她懊惱的扯著頭髮。

「每扇窗子都這樣！每扇窗都加了鐵窗！」她慘然的說：「我們不能一直沿著走廊走呀，會被發現的。」

看著塵埃滿佈的長桌，我心念一動說：「吸血鬼是不吃東西的。」

「那又如何？」卡蘿叫道，她用拳擊著沉重的黑布簾。

「所以也許他們從不進廚房。」我繼續說道，「我們在廚房裡會很安全，也許廚房裡有門，也許……」

卡蘿嘆道：「也許、也許、也許，」她悲傷的搖著頭，「這個恐怖的舊城堡裡有成千個房間，我們怎麼找得到廚房啊？」

我扶著她的肩，帶她來到門邊。「這裡是餐廳對不對？也許廚房跟餐廳很近。」

「也許、也許、也許。」她苦澀的重複說。

我領著她來到走廊，然後帶頭來到下一扇門邊，我們將門打開往裡頭窺望。

這句英文怎麼說

我們將門打開往裡頭窺望。
We pushed it open and peeked inside.

不，不是廚房。

我們很快的沿著走廊，一扇扇門找下去。

不是廚房，依然不是廚房。

我們不斷回頭張望，監看伯爵的身影，希望不要遇見他。

我們繞過屋角，來到一處更窄更黑的走廊上，我試了第一扇門。

找到了！

這是間老式的廚房，有著寬大的壁爐、燒柴的爐子，爐邊牆上還掛著各式發黑的鍋盆。

我火速環視房間，眼神落在寬大的廚房窗戶上。

沒有黑布簾，也沒有鐵窗！

「萬歲！」卡蘿歡呼道。

我們跑到窗邊。

這窗能打的開嗎？

我們試著從底部開窗，卻找不到把手，無處著力。

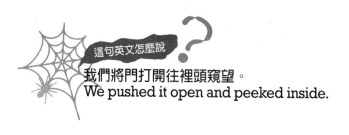

「打破吧！」卡蘿說，「把窗敲破！」

我跑到牆邊扯下一個沉重的鐵鍋，拉到窗邊，然後手往後擺，正要揮向窗子。

此時傳來一聲咳嗽。

我忍不住喊出聲來：「媽呀！」

那聲音來自我們身後的走廊上。

「是他！」我低聲說，「是伯爵！」

「快把窗子打破！」卡蘿堅持說。

我回道：「不行，他會聽見，會找到我們的！」

我把鍋子放回地上，然後轉身研究那扇窗。

「妳看，」我輕聲對卡蘿說：「我想窗子是往外推的。」我伸出手，推著髒污的窗玻璃。

我拚盡全力推著。

那窗子慢慢一點一點的滑了出去，我低吟一聲，將窗子開到最大。

一股凜冽的夜氣向我襲來，我拉住卡蘿的手，開始推她。

這句英文怎麼說

把窗敲破！
Smash the window open!

門外傳來的聲音令我嚇了一跳。

「快點——！」我低聲說，「他快來了！」

我心頭猛跳，將卡蘿推到窗口，接著兩人狂亂的爬到窗外的壁架上。

18.

「他看見我們了嗎？他是不是在廚房裡？」卡蘿低聲問道。

「我不知道，」我告訴她說，「我沒瞧見，不過他一定不在走廊上。」

「如果被他看見……」一股風吹來，卡蘿沒再說下去了。

夜風吹在皮膚上，感覺如此清涼。濃密的雲朵掩住了圓月，使我們立即陷入一片漆黑中。

我們兩個跪著背對廚房，我擠在卡蘿身邊，在狹窄的石造壁架上掙扎著保持平衡。

「我們快走吧。」我催道。

我們兩人轉身面對窗子，然後雙手抓住石架，沿著牆垂下雙腳，想慢慢觸及

這句英文怎麼說

我們在斷崖頂端！
We're on top of a cliff!

地面。

我們慢慢下垂，下垂……

「哇——」我大叫一聲，兩腳根本未能觸及任何實體。

一束月光穿雲而出。

我低頭一看。

然後張嘴嘶聲慘叫。

我的腿在空中亂踢。

雙手抓著頭頂上的壁架。

下邊一片空蕩蕩的。

遠處底下是銳利的深色岩石，在月光下閃閃燦燦。

在很深很深的底下！

深及萬丈！

「我們在斷崖頂端！」卡蘿結巴道：「這座城堡——蓋在斷崖上面！」

「啊！」我驚懼的哀號。

城堡就蓋在險峻的斷崖頂端，而我們現在正懸在斷崖邊緣，搖啊晃的……

我的手臂開始發酸了，我能感覺到自己的手漸漸滑開，抓不住上邊的壁架。

「卡蘿——！」我驚叫道。

這句英文怎麼說

我墜得太快，連自己的尖叫都聽不見。

I was falling too fast to hear my own scream.

19.

我的手在黑色的石牆上亂抓。

我拚命掙扎著想抓住什麼——任何東西都行！

可是我墜得太快了。

我的雙腿狂踢，臂膀在空中亂舞，夜風吹在我身上，彷彿想將我推回去。

是誰在慘叫？是我嗎？

我墜得太快，連自己的尖叫都聽不見。

接著我突然住口了。

不再尖叫，也不再往下掉。

一個黑色的身影在我身邊環飛，我感到某種尖刺的東西刺入我的肩頭，頸子

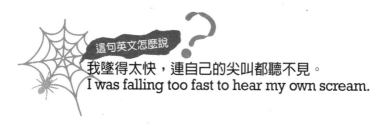

後有股熱氣吹拂。

我聽見巨大的振翅聲和煩擾的心跳。

在這片陰影的籠罩下，我感覺自己被拉起來了。

我扭頭一望——看見兩隻閃著紅光的眼睛，熱氣就從牠黑色的嘴中吐出。

牠要把我吃了！我心想。

我被這個長了紅眼的陰影困住了，它的爪子抓著我，將我越帶越高。

接著我陷入黑暗之中。

我落在某個地方，雙腳重重的踩在地上。

那團黑影騰空升起，我張開眼，看見了卡蘿。她驚異的張大了嘴，好半天才擠出一句話，「費迪——！費迪——？」

我衝到打開的大窗前，看到那隻將我載回廚房的巨大蝙蝠，牠的翅膀拍在地板上，醜陋的大臉上，一對紅眼正閃著憤怒的光芒。

我發現，牠竟然救了我們的命！

我雙腳一軟，跪在地上抓住爐子一邊，將自己扶站起來。

這句英文怎麼說

別再想逃跑了。
Don't try to escape again.

我沒事了，我會沒事的，我告訴自己說。

我抬眼看著那隻大蝙蝠。

牠開始縮小，並收起黑翼，用翅膀裹住自己的身體。

那翅膀蛻變成披風——紫色的披風。接著披風往後一撥，夜翼伯爵現身了。

「你犯了大錯了，年輕人！」

他厲聲罵道，銀色的怪眼怒視著我，「你以為你會飛嗎？」他不屑的說：「你還不會飛——還不會！」

「我……我……我……」

我還是抖得說不出話來。

「等我把你變成吸血鬼後，你就能每夜飛翔了！」伯爵咆哮道。他將臉貼過來，他靠得如此的近，我都可以聞到他那死白皮膚的腐臭味了。

「別再想逃跑了，」他吼說：「你是在浪費時間，而且下一次……我不會接住你了！」

我努力吞著口水，屏住氣，希望自己的心臟別跳得這麼厲害。

夜翼伯爵丟下我，紫色的披風在他身後飛動。

他飄過卡蘿身邊，飄過廚房。

伯爵在門口停下來，轉身回看著我們。

「別楞在那兒，」他喝令說：「過來幫我找那瓶鬼氣啊，我知道瓶子就在城堡這一側的某處。」

他抓著自己蒼白的喉嚨，「我好渴啊……渴死了。」

他定定看著卡蘿，然後又看著我，「我一定得想起自己把長牙藏在哪裡。快，幫我找到鬼氣，我相信瓶子一定就在附近。」

卡蘿和我別無選擇，伯爵站在門口，等著我們跟他走。

我扶著爐子站了起來，尾隨著卡蘿穿過廚房來到走廊。

「也許我把瓶子藏在貴賓室了。」伯爵自言自語的說。他打開一道門，然後消失在房裡。

卡蘿和我繼續走著，前面的走廊看似長無止盡，過了門，又是一扇門，而這還僅是吸血鬼城的一個側翼而已。

這句英文怎麼說

卡蘿和我別無選擇。
Cara and I had no choice.

「你還好嗎？」卡蘿邊走邊看著我問，「你看起來好像還很驚魂未定的樣子。」

「我的確還驚魂未定，畢竟我剛從懸崖上掉下來啊！」我坦承說。

卡蘿搖頭說：「要逃很不容易。」

「我們沒辦法逃，」我答道，「城堡蓋在懸崖頂，就是爲了防止任何人逃走。」

她將眼前的黑髮撥到後邊，「我們不能放棄，費迪，我們得不斷的試，一旦那老鬼找到長牙，就會把我們變成吸血鬼了。」

「所以我的第一個辦法才是最好的，」我堅持說，「我們得趕在他之前找到瓶子，也許我們運氣不錯，會先找到。」

「可是找到了又能怎麼樣？」卡蘿問。

我將她拉到下一個房間裡，我們看到了棺材，又是一陣驚呼。

有好幾十個呀，全都整整齊齊的沿著房間排成四列，棺材全都是打開的。

「又一個吸血鬼的房間！」卡蘿叫道，她打著寒顫說：「太可怕了，費迪，你看看有多少啊！」

「吸血鬼全都飛出去四處找血喝了。」我說，「不過一等他們飛回來，看到我們……」

卡蘿嚥著口水，「我們就變成他們的點心了！」

「嗯……也許我們該到其他房間找瓶子。」我提議，「到某個遠離這些棺材的地方去找。」

可是接著我的眼神落在某個東西上了，那是一副靠在牆邊的棺材。

一個緊閉著的棺材。

「卡蘿——妳看那邊！」我低聲指道。「所有的棺材都是開的，只有那一副蓋子還蓋著，妳想……？」

卡蘿斜眼望著闔上的棺木。

「奇怪，」她喃喃說，「太奇怪了！」

我的腦海裡飛竄著各種瘋狂的念頭，「說不定棺材是空的，」我興奮的說，「也許裡頭沒睡人，那就太棒了，那是藏匿瓶子的絕佳地點。」

卡蘿將我拉了回來，「說不定裡頭睡了一個吸血鬼，」她提出警告說，「如果我們打開棺材，將他吵醒……」她接不下去了。

「我們得看看裡頭有什麼！得冒冒這個險。」我說。

我們向棺材走去，我瞪著黑得發亮的棺蓋，小心的用手摸著光滑的木頭。

接著，卡蘿一話不說的抓住手把，我則抓住另一邊，我們緩緩的將棺蓋抬了起來。

這句英文怎麼說

我們向棺材走去。

We made our way to the coffin.

20.

那蓋子十分厚實，卡蘿和我靠在上頭猛力推著，蓋子終於掉落到棺材的另一側了。

我轉身看著門口，確定夜翼伯爵沒聽見。

看不到他的蹤影。

我站直身子，望向打開的棺材裡。

裡頭覆著深綠色的絨布，令我想起家裡地下室的撞球桌。

我嘆口氣，心想今生今世不知能否再見到我家的地下室。

「是空的！」

卡蘿難過的說，「只是一副空棺而已。」

這句英文怎麼說

我們得繼續找。
We've got to keep searching.

「我們得繼續找啊。」我說，然後從棺木邊退了開來，就在這個時候，我看到一口袋子。

棺材側邊有個綠色的袋子，袋子微微鼓著。

「喂，等一下。」我跟卡蘿說，她已經快走到門口了。

我將手伸入袋子裡。

然後拿出一只藍色的玻璃瓶。

「卡蘿——妳看！」我叫道，渾然忘了我們不希望被伯爵聽見。「我找到啦！我找到鬼氣了！」

卡蘿的臉上露出一朵笑容，黑色的眼睛興奮得發亮。

「太棒了！」她歡呼著說，「太棒了！現在我們得把它藏起來，別讓夜翼伯爵找到，我們得藏在他永遠找不到的地方。」

我將瓶子拿到面前仔細打量。「也許我們可以打開它，把裡頭的鬼氣全部倒出來。」

卡蘿衝到我旁邊，從我手上搶過瓶子。

「以前我們打開瓶子時，鬼氣把我們帶回過去，」她興奮的說，「說不定現在打開瓶子……」

「它就會把我們帶往未來！」我幫她把話說完。「沒錯！伯爵說鬼氣可以用來穿梭時光，如果我們打開瓶子，也許……然後努力想著我們想去哪裡……鬼氣就會送我們回我家的地下室了。」

我們兩個目不轉睛的看著藍瓶子。

我們該把它藏起來，讓老鬼無法找回自己的長牙嗎？

還是該打開瓶子，看那噁心的霧氣能不能送我們回去？

卡蘿一手緊抓著瓶子，並抬起另一隻手，放在瓶口的塞子上。

卡蘿開始拉拔瓶塞——接著又停手了。

我們兩個面面相覷，都沒說話。

「開吧，把瓶子打開。」

我呢喃著說。

卡蘿點頭表示同意，並再次抓緊塞子往上拔。

這句英文怎麼說

卡蘿一手緊抓著瓶子。
Cara gripped the bottle tightly in one hand.

可是她又停手了，而且口裡發出驚喘。
我的眼角瞄到有個東西在動，同時聽見了輕柔的腳步聲。
我知道房裡不再只有我們兩個。

21.

我迅速轉過身，心想一定會看到夜翼伯爵。

沒料到映入眼簾的竟是一名女孩時，我忍不住「噢！」的叫了一聲。

女孩淡藍色的眼睛驚愕的瞠著，看到我們，她大概也和我們一樣的詫異吧！

當她朝我們走近時，我發現女孩有一頭及肩的金色捲髮。她穿著一件灰色的無袖連身裙，樣式既老且長，裡邊則穿了白色的襯衫。

女孩年紀與我們相彷，但她絕對來自不同的年代。

女孩在幾副棺材之外站定，一臉狐疑的問道：「你們是誰？在這裡做什麼？」

「我……我們其實也不清楚。」我支支吾吾的說。

這句英文怎麼說

你跟夜翼伯爵有關係嗎？
Are you related to Count Nightwing?

「我知道我們是誰，可是我們不清楚我們在這裡做什麼！」卡蘿糾正我說。

「我們是不小心闖進這裡的。」我補充道。

女孩依舊一臉困惑。她將手放入衣服口袋裡。

「那妳又是誰？」卡蘿問。

女孩沒立即回答，只是站得遠遠的，繼續用她淡藍色的眼睛打量著我們。「關德琳，」她終於說了，「我的名字叫關德琳。」

「妳也是他們一夥的嗎？」我衝口問道。

關德琳渾身發顫，很快的說：「才不是。」她憤憤的譏諷道，「不是。我恨他們！」她說，「我恨他們所有人！」

卡蘿不安的挪動著身子，看的出她非常緊張。

她將瓶子交給我，從她手裡接過來時，我只覺得瓶子又溼又冷。我將瓶子拿在身側低處，沒讓關德琳瞧見。

「妳住在這裡嗎？」卡蘿問關德琳說，「妳跟夜翼伯爵有關係嗎？」

關德琳的不屑更深了。「沒有。」她說著，眼裡忍不住泛起淚光。「我是這裡的囚犯，我只有十二歲，可是他們卻把我當奴隸用。」

淚水自她雪白的面頰滑落，「一個奴隸，」她顫聲重述道，「妳知道他們逼我做什麼嗎？他們逼我日以繼夜的幫他們清理棺材。」

「好噁喲！」卡蘿嘀咕說。

關德琳嘆口氣，將臉上的金髮撥開，並拭去淚水。「日以繼夜哪，這城堡裡有十幾個棺材房，全都擺滿了成排的棺木。而我必須幫吸血鬼清理它們，保持它們的光滑與亮度。」

「如果妳不肯呢？」我問，「如果妳告訴夜翼伯爵，妳不幹了呢？」

關德琳苦笑一下，「那麼他就會把我變成吸血鬼。」她再次聳聳肩，悲傷的低聲說：「我寧可打掃他們的棺材。」

「妳難道不能逃走嗎？」我問。

她又是一陣苦笑，「逃？我如果逃跑了，他們一定會找到我的。而且他們會變成蝙蝠，追著我飛。接著他們會吸我的血，直到把我變成跟他們一樣爲止。」

我用力的吞著口水，爲她感到難過。我實在不知道該說些什麼。

這句英文怎麼說

我們跟著她穿過另一扇門。
We followed her through another door.

「我們不屬於這裡，」卡蘿告訴她說，一邊瞄著門口，「夜翼伯爵無意間將我們帶到這裡，妳能幫我們嗎？我們能不能找到任何辦法逃走？」

關德琳垂眼看著地面，努力思索。

「也許有個辦法。」她終於說了，「不過我們得非常小心才行，萬一被他逮到……」

「我們會很小心的。」我向她保證說。

關德琳望著房間前端，低聲說：「跟我來。快點，天就要亮了，如果吸血鬼回來看見你們，就太遲了。他們會撲到你們身上吸你們的血，那麼你們就永遠別想再見到天光了。」

她帶我們來到走廊，我們貼在牆邊，停住腳，往兩邊方向張望。看不見夜翼伯爵的身影，不過我們知道他就在近處，尋找裝著鬼氣的瓶子，尋找那個緊緊握在我手裡的瓶子。

「這邊。」關德琳悄聲說。

我們跟著她穿過另一扇門，門通往一道窄梯。牆上瓦斯燈的昏暗光線照著階梯，我們三人拾階而下。

一行人來到一個彎長的地道，關德琳領著我們快速而安靜的穿過去。地道十分狹小，我們只能一個緊跟著一個走，曲折的地道引著我們往下來到城堡深處。

「這邊眞的有路可以出去嗎？」卡蘿問關德琳，她的聲音在窄小的地道裡迴盪著。

關德琳點點頭，「是的。跟著我，城堡的地窖裡有個祕密出口。」

我們的腳步聲在地道的硬地上踩踏有聲，關德琳閃亮的金髮在前方如火炬般的引領著我們。

引領我們走向自由，迎向安全。

我靠近卡蘿低聲說：「太棒了！我們就要離開這裡了，而且我們還拿了鬼氣！」

卡蘿將手指放在唇上，提醒我說：「我們還沒走出去呢。」

地道盡頭是個黑漆漆的大型地窖，關德琳從牆上取下一把火炬，高舉在前方照路。

這句英文怎麼說

我們到了嗎？
Are we here?

「跟我來，」她低聲說，「動作快點。」

閃動的火光在地窖中拖出一道窄小的光，我無法看見兩側任何的東西，只是黑壓壓的一片。

關德琳帶我們深入黑暗中，這邊的空氣聞起來又溼又酸，我聽見遠方某處有滴水聲。

卡蘿和我擠在一起，努力讓自己留在火炬的光圈中。我將瓶子緊握在手裡。

關德琳忽然停下來，害我們差點撞上她。

她緩緩轉過身，火光下，只見她臉上綻著笑容。

「我們到了嗎？」卡蘿問，「門在哪裡？」

「是的，我們到了。」關德琳輕聲說，「這裡只有我們而已。」

「呃？」我叫道，不懂她在說什麼。

「你們兩個在這裡，全屬於我的了。」關德琳繼續說著，臉上笑意更濃了。

她半閉著眼，「我們不會被夜翼伯爵或其他人打擾了。」

「可是……我們要從哪裡逃呀？」我問。

關德琳沒答腔。

「我們爲什麼停在這裡？」卡蘿喊道。

「我好渴啊……」關德琳嘶嘶作聲說：「好渴啊……」

當她放下火炬時，我看見她嘴裡伸出兩根尖利的長牙。

「我好渴……」她嘆道，「快渴死了……」

她抓住我的肩膀，接著我感覺到她的長牙刮在我喉頭上。

這句英文怎麼說

這是逃走的唯一辦法！
This is the only way to escape!

22.

「不要——！」我放聲大叫。

我抓住她的手臂，奮力推開她。

「不要！走開！別碰我！」我吼道。

她的眼睛散放著興奮的光芒，口水沿著利牙滴落，「好渴……」她嘶聲說。

「走開！走開啊！」我求道。

「你不是想逃嗎？」她嘲弄說：「這是逃走的唯一辦法！」

她頭一仰，張大了嘴，然後向我衝來。

「妳休想！」我大叫一聲躲開去了。

她長長的捲髮拍在我的臉上，我踉踉蹌蹌的向後退開，然後站穩腳步。

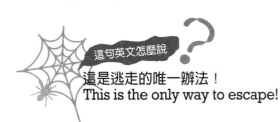

她準備再次攻擊。

「費迪——鬼氣！」卡蘿大喊一聲，「用鬼氣對付她！也許鬼氣能送我們回到未來！」

「啊？」我都忘了自己手上拿了瓶子。

「好渴……」關德琳呢喃著舔著乾裂的嘴唇，「好渴……」

我高舉起瓶子，藍色的玻璃瓶映著火炬的光。

關德琳驚呼一聲，害怕的向後退開。

「不要——求求你！」

關德琳哀求道，「把瓶子放下來！別打開！求求你——別打開瓶子！」

我抓緊塞子——將瓶子打開。

她準備再次攻擊。
She prepared to attack again.

23.

什麼也沒有發生。

我們三個全瞪著我手裡那只打開的瓶子。

「要幾秒鐘。」我用發顫的尖聲告訴卡蘿說，「記得嗎？在我家地下室裡，要等幾秒鐘後，瓶子才會開始冒煙。」

關德琳張大了眼，瞅著瓶子。

一群人緊張的默默凝視著藍瓶。

幾秒鐘過了，接著又等了幾秒。

關德琳爆出一串笑聲打破沉寂說：「是空的！城堡裡到處都有空瓶子！那邊就有一整個房間的空瓶。」她指著黑暗處說。

我將瓶子拿到眼前往裡頭瞧。太暗了，什麼也看不見，但關德琳說的沒錯，裡頭確實是空的。

我任由瓶子掉落地上。

關德琳的笑容在火光中顯得異常邪氣，我想退後，卻撞在石柱上。

我已經進退維谷了。

關德琳一臉飢渴相的衝著我笑，長牙在微弱的火光中閃動。

「好渴啊……」她低聲說，「費迪——別逃，幫我，我好渴啊……」

「我也很渴！」我身後爆出一個聲音。

我火速轉身，看見一道橘色的火光。那光朝我們躍進，火光中是怒容滿面的夜翼伯爵。

他向我們飄來，瞇著眼看著關德琳。

關德琳張大嘴，抬起手，似乎想護住自己。

「關德琳，妳帶我的囚犯下來這裡做什麼？」伯爵生氣的質問。

他沒給關德琳答話的機會，逕自飛離地面撲向她。

這句英文怎麼說

我們盲目的穿過黑暗的地下室。
We ran blindly through the dark basement.

他的披風像蝙蝠翅膀般的攤張開來，一對銀眼死盯住她，並張嘴憤怒的發出嘶吼聲。

關德琳的長牙在火光下泛著潤光。她將金髮往後一甩，一邊抬手護住自己，一邊對老吸血鬼嘶吼回去。

哇！我心想，他們倆兒要開打了！

我向前傾著身子，雖然害怕，卻又很想看下去。

兩個吸血鬼飛在空中，互相噓噓作聲，就像兩條蓄勢攻擊的蛇。

「費迪——快走！」卡蘿小聲說，一邊拉著我的手臂說：「我們的機會來了。」

卡蘿說的沒錯，我們得趁兩個吸血鬼對峙時設法逃走。

我心如擂鼓，抓起關德琳丟在地上的火炬，尾隨卡蘿狂奔。

我們盲目的穿過黑暗的地下室。

一定有路可以出去的！

我不斷告訴自己，一定有路可以逃出去的！

終於，我看到一扇敞開的門了。

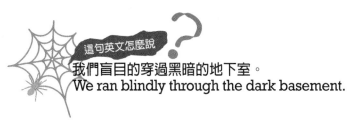

卡蘿和我衝過門口，我回頭一望，看見夜翼伯爵飄在高處，身後披風張揚，而關德琳則從地面上虛弱的抬起頭來向他嘶吼。

沒時間看他們打架了，我跟著卡蘿進到房裡。

「我們在哪裡？」我小聲問。

我拿火炬照著前方。

「哇，」看到牆上的架子時，卡蘿呢喃道，「我不敢相信！」

我們找到關德琳說的那個放著各種空瓶子的房間了。

每面牆都覆著從地板延伸至天花板的架子，每個架子上也都擺滿了藍色的瓶子，成堆成堆的藍色玻璃瓶。

「這裡至少有上百萬個空瓶子！」我說。

我們環顧房間，瓶子在火光的照映下，散發著藍寶石般的豔光。

卡蘿用力的搖搖頭，彷彿想將這驚人的景象自腦海中甩掉。她瞠眼呆視著，我一臉嚴肅的低聲說：「這沒辦法幫我們逃走。」

「逃走？」

這句英文怎麼說

我們在哪裡？
Where are we?

門口傳來一陣粗啞的聲音。

伯爵很快飄進房裡，「談逃走是多餘的。」

他說，一邊瞇著一對怪眼望著卡蘿，然後又看看我，「因爲根本沒有必要從夜翼伯爵的城堡逃走。」

他揚起披風，飄離地面。

「你想做……做什麼？」我結巴的說。

他光溜溜的禿頭往後一仰，吐出一聲恐怖的嘶吼。

我感到自己被往後推，推至房底深處。

伯爵施用了某種力量，某種古老的力量。

伯爵飛得更高了，身上的披風在空中翻飛，整個人彷若裹在紫繭中的蟲隻，看來如此脆弱，然而我卻可以感受到他的力量。

那力量將我往後推……攫住我……推著我……接著，突然之間伯爵放開了我。

伯爵重重落在地上，眼睛閃閃發光，他彈著枯指。

臉上慢慢綻出一抹笑意。

「對了！」他說。

卡蘿和我退到遠處牆邊的架子旁，我的腿顫如秋葉。

夜翼伯爵用某種古老的力量抓住了我，這會兒我只覺得渾身虛脫，掙扎著想讓自己喘口氣。

「對了！」他又嘶聲說，「現在我想起來了！」

這句英文怎麼說

我知道其他人絕不會到這裡找。
I knew the others would never look here.

24.

卡蘿和我默默凝望著夜翼伯爵。他轉身看著滿坑滿谷的藍瓶子。

「我就是把滿滿一瓶的鬼氣藏在這裡的，」他告訴我們說，「我把它藏在空瓶房裡，我知道其他人絕不會到這裡找。」

他笑時，我可以看見他枯乾的嘴裡光滑柔軟的牙齦。

伯爵收起笑容，瞇著銀眼。

「我好渴。」他看著卡蘿和我低聲說，「我一定得找到那瓶鬼氣——恢復我的記憶——然後找回我的長牙。」

他衝向最近的架子，開始挖著成堆的藍瓶，「哪一個？是哪一個？」他自言自語道，「成千上萬的瓶子，只有一個是滿的。」

他枯瘦的手快速的在架上移動，他將空瓶推到一旁，同時喃喃自語。瓶子紛紛摔在地上，跌得粉碎。

「卡蘿——快啊！」我指著遠處的架子，「我們快動手！」

她立刻明白我的意思，我們得搶先找到瓶子，得搶在夜翼伯爵之前找到那一整瓶的鬼氣。

我跪在地上，開始細看底架上的瓶子，空的……空的……空的……空的……

我將空瓶一個個推到旁邊，手指快捷的摸著瓶口。我在昏暗的光線中努力尋找那唯一的瓶子。

瓶子在硬地上碎成一片，我周遭盡是滾動打轉的瓶子。

卡蘿則在我不遠處的底架狂亂的翻找著。

「不是……不是……這個也不是。」她喃喃自語的說著，並一邊用手推開空瓶。

「你們兩個——」夜翼伯爵從房間另一頭喊道，「別待在那裡，快滾！」

這句英文怎麼說

瓶子在硬地上碎成一片。
Glass shattered on the hard floor.

我們不理他，繼續在成堆的瓶子裡挖尋，且動作越來越快，拚命想找到那唯一滿瓶的瓶子。

接著——我的手摸到瓶子了。

當我發現手裡的瓶子比其他的瓶子來得沉重時，我深吸一口氣，顫抖著將它小心的從其他瓶子裡挑出來。

沒錯！這瓶子果然沉重。

沒錯！瓶口還是塞住的。

找到了！

「我找到了！」我大叫著站起來。

「卡蘿——妳看！我找到瓶子了！」

我舉起瓶子想讓她看——夜翼伯爵卻將瓶子從我手上奪去。

「謝了！」他說。

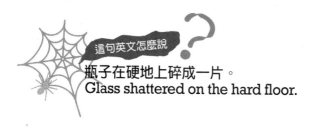

25.

老吸血鬼迫不及待的舉起瓶子，伸手想將它打開。

「不行！」我叫道。

然後出其不意的撲向他。

我用肩膀撞中他的胸口，感覺上老鬼很輕，軟綿綿的，就像根本沒有骨頭。

他嚇得咳嗆一聲。

瓶子從他手上飛離。

我伸手去接——將瓶子從空中攔了下來。

我雙手緊抓著瓶子，退到架子邊。

夜翼伯爵很快又擺好陣勢，他瞇著眼看我，我再次感受到他用魔力掌控住

這句英文怎麼說

現在就把瓶子交給我。
Hand the bottle to me now.

我，令我動彈不得。

「費迪，把瓶子交給我，現在就給我。」

他柔著聲，平靜的命令著我。

我沒動，因爲我根本沒辦法動。

「現在就把瓶子交給我。」

老吸血鬼向我飄來堅持的說，他伸出乾枯的手，「給我吧，費迪。」

我努力嚥著口水。我不能把瓶子交給他呀，如果伯爵打開瓶子，卡蘿和我就完了。

可是我沒辦法動，他將我定在原地，我簡直無助得可以了！

「給我。」他堅持道，並伸手去拿瓶子。

「小猴站中間！」

我聽見卡蘿喊道。

她似乎站在遠處，乍聽下，她的話實在令人摸不著邊。

「小猴站中間！」她又叫道。

這回我明白了。

我深吸了一口氣，用盡全身力氣抬起一隻手。

夜翼伯爵猛撲向瓶子，他的細指在上面刮了一下。

可是我已將瓶子扔到他肩後了。

卡蘿沒接好，瓶子在空中翻了一下，才又落回她手裡。

「漂亮！」她大叫。

夜翼伯爵怒吼一聲，火速轉身，「給我！」他喘道，然後衝向卡蘿。

卡蘿往後揮臂，將瓶子擲給我，這回瓶子低飛過老鬼的膝邊，我在鞋帶上方將瓶子接個正著。

夜翼伯爵又撲向我，詭異的眼睛因憤怒而變細。

「把瓶子給我！」他吼道。

我高高一丟，將瓶子扔過他的頭，卡蘿猿臂一伸，單手接住。

我們兩個在照顧泰勒時，常玩「小猴站中間」的遊戲。泰勒那隻可憐的小猴子，從來沒辦法從我們手上搶到球，我們可以鬧得他來來回回的跑上幾個小時！

這句英文怎麼說

可是我們還能怎麼辦？
But what else could we do?

可是我知道夜翼伯爵很快就會失去耐性，卡蘿和我是絕對鬥不過他的。

可是我們還能怎麼辦？

老鬼撲向卡蘿，兩手直伸，身上斗篷翻揚。

卡蘿丟歪了，我伸手去接，卻眼睜睜的看著瓶子從手邊飛過，並撞在架子上。

瓶子一掉，破掉了。

夜翼伯爵飛到架子邊，慌亂的抓著一堆瓶子。

不過我早他一步趕到架邊撿起瓶子，並丟給卡蘿。

「不——！」夜翼伯爵驚呼道，「夠了，別再鬧了。」

他衝向卡蘿。

卡蘿把瓶子高丟過夜翼伯爵頭頂，扔向我。

我舉手待接。

沒想到伯爵竟騰空而起——瓶子就這麼飛進他手裡了。

當他緩緩降回地面時，臉上不禁掛著得意的神色。「我贏了！」他輕聲說，眼裡精光閃動。「我贏了，鬼氣讓我飛得更好。」

他將瓶子舉在面前。

「不——不要！」我求他說。

他的笑意更深了，他伸出手——然後將瓶塞拔開。

這句英文怎麼說

什麼也沒發生。
Nothing is happening.

26.

我們全僵在原地瞪著夜翼伯爵手裡打開的瓶子。

「不，」卡蘿呢喃著，「不——拜託不要啊！」

幾秒鐘過去了，接著又過了幾秒。

「什麼也沒發生。」伯爵低聲說，笑容從他臉上褪去了，他抬起瓶子，放到面前往裡瞧。

紫色披風下的他，萎垂著雙肩，苦苦的長嘆一聲，「空的。」他說，「這瓶子也是空的。」

卡蘿和我交換了一個眼神，我突然明白是怎麼回事了。當我狂亂的撿起瓶子時，我從架上抓錯瓶子了。

於是，我轉身看著架子——看見那只裝滿鬼氣的瓶子就在我面前。

「我拿到了！」我大叫一聲，小心翼翼的從架子上拿起瓶子，「我拿到了！」

老吸血鬼怒吼一聲，朝我撲來。

「卡蘿——接好！」我大叫。

我向她舉著瓶子。

可是夜翼伯爵手一抬，在半空中硬生生將瓶子拍下。

「唉呀！」看到瓶子飛向牆壁時，我忍不住驚呼。

瓶子彈開掉在地上撞開了。

接著腥酸濃密的黑霧便湧進了房裡。

「我們失敗了，」我低聲說，「我們死定了。」

這句英文怎麼說

霧氣變得太濃了。
The fog had grown too thick.

27.

我看見房間另一端的卡蘿摀著自己的嘴鼻，眼睛因驚恐而張得斗大。她慌亂的揮舞著另一隻手，想要把臭氣從身邊趕開。

我嗆聲連連。

眼睛感到一陣刺痛。

我闔上眼，感覺到灼熱的淚水自臉頰垂落。

當我張開眼時，已經再也看不見卡蘿了。

霧氣變得太濃了。

我可以看到夜翼伯爵的紫披風，在煙氣中看來像是黑色的，但接著連披風也看不見了。

只剩我一個人了。

只有我一個人待在不斷湧現的濃霧中。

我跪在地上，用雙手掩住自己的臉。

那酸味已經滲到我的舌頭上了！

我不確定自己跪了多久。

不過當我終於能睜開灼熱的雙眼時，霧氣已經開始消退了。

等霧氣垂至地面時，夜翼伯爵的紫披風又映入了我的眼簾。我看見在房間另一邊的卡蘿，正用單臂護住自己的臉。

霧氣繼續消散。

房裡又一清二楚了。

接著我發現自己正望著一架桌上式曲棍球桌。

我眨了幾下眼，只見房間中央擺了張撞球桌。

撞球桌？

桌上式曲棍球？

這句英文怎麼說

我不想待在這裡！
I don't want to be here!

卡蘿向我跑來，眼睛閃著興奮的光芒。

「我們回來了，費迪！」她開心的大喊道，「我們回到你家的地下室了！」

「太棒啦！」我歡呼道，一邊在空中胡亂揮拳，「太棒了！」

我衝過房間，給曲棍球桌一個超級大擁抱，然後又去親牆壁，結結實實的親著牆壁！

「我們回來了！我們回來了！」卡蘿跳上跳下的歡呼著，「鬼氣……是鬼氣送我們回家的，費迪！」

「不——！」

我轉過身，看見夜翼伯爵仰著頭，憤怒的長號一聲，他將披風撥到身後，緊握著拳頭。

「不！不！這不可能是真的！」他啞聲喊道。

卡蘿和我緊緊相依，看著吸血鬼向我們逼近。

「我不想待在這裡！」他說，「我必須回去，我必須找回我的長牙！沒有長牙，我便活不了，我會枯掉的！」

他飛到我們上方，眼冒怒火的看著我們。他顫著枯乾的嘴唇，張開披風，彷佛想將我們吞噬。

「我必須回去！」他嘶聲說，「鬼氣呢？那個藍瓶子跑哪去了？」

我的眼睛很快的環顧屋裡。

不見瓶子的蹤影。

「瓶子沒跟我們一起回來。」卡蘿說。

老吸血鬼頭一抬，又是一聲怒吼。

接著，他將披風揚得更高，然後俯衝下來攻擊我們。

卡蘿和我向後退開，卻被撞球桌抵住了。

吸血鬼一個箭步衝上來，用他沉重的紫披風將我們圍住。

我們被困住了。

無法動彈。

接著，紫披風突然滑開了。

夜翼伯爵往後退開一步，嘴巴驚異的張大著。

這句英文怎麼說

老吸血鬼頭一抬，又是一聲怒吼。

The old vampire tossed back his head in another angry wa

我循著他的目光──看見爸媽趕到地下室來。

「媽！」我大叫。

「爸！小心，他是吸血鬼，是真正的吸血鬼！」

28.

夜翼伯爵斜眼看著我爸媽，嘴巴依舊吃驚的張著。他定定的看著我母親，「辛西雅——？」他喊，「辛西雅，妳在這裡做什麼？」

媽衝著他笑說：「爸爸，您終於醒啦！」

「啊？」卡蘿和我驚叫出聲。

媽衝過來，一把抱住老吸血鬼，久久不肯放開。

「爸爸，您在下頭至少睡了一百年啦。」她說，「我們不知道該把您叫醒或讓您繼續睡。」

爸也笑容可掬的趕了過來，他用手搭在我的肩上，「您見過我們的兒子費迪了嗎？」

這句英文怎麼說

你終於醒了！
You finally woke up!

他問夜翼伯爵說，「這是費迪——您的孫子。」

孫子？

我？

我是吸血鬼的孫子？

夜翼伯爵低頭望著我，然後搖了搖頭。看的出來他和我一樣迷惘！

「辛西雅……？」他對我媽說，「辛西雅……我的長牙，我把長牙搞丟了！」

媽環住吸血鬼的腰說：「爸爸，您的長牙沒丟，長牙在浴室的玻璃杯裡，就在您以前擺的地方。」

「這裡，在這邊。」爸說。他帶頭來到角落一間我們從未用過的小浴室。

幾秒鐘後，夜翼伯爵從浴室出來，用兩手大拇指在牙齦上調整自己的長牙。

「好了，這樣好多了。」他說，「現在咱們飛出這裡吧，我渴死了！我有一百多年沒喝東西了！」

爸媽轉頭看著我說：「我們很快就會回來。」爸又說道：「到樓上幫你自己做一份三明治，好嗎？順便幫卡蘿也弄一份。」

我回望著老爸，還是無法相信，「可是，如果你和媽都是吸血鬼，那我不也就是了嗎？」我聲音顫抖的問。

「當然啦。」媽回答說，「不過你太小了，長牙還沒長出來，費迪。你至少還得等個一百年！」

我有千萬個問題想問，可是他們三個已經開始拍著手，飛上飛下了。不到幾秒鐘的時間，他們都已經變成了蝙蝠，飛出地下室窗口了。

我望著窗口，心頭狂跳不止，久久無法自己。等我終於恢復點人樣後，我轉身看著卡蘿。

「哇，」卡蘿搖著頭說，「哇！」

「我也不敢相信哪。」我輕聲回答道。

她對我笑了笑，「我早就覺得你怪怪的了，費迪，可是我不知道你眞的有那麼怪！」

我想笑，卻依然震驚得笑不出來，或哭出來，或尖叫，或做任何反應！

我轉開臉，開始從一數到二十，想讓自己冷靜些。

這句英文怎麼說

放回去！
Put it back!

發現自己是吸血鬼，真的令人很難接受。

我真的覺得爸媽應該用更委婉一點的方式告訴我這件事。

不過我想，他們大概覺得沒什麼大不了吧……

浴室的門開著，我走了進去。「我們從不使用這間浴室的，」我嘀咕說，「我們用的是地下室另一頭的那間。」

卡蘿跟著我進來，藥櫃上的鏡片門微微開著，她將門拉開。

架子上擺滿各種瓶瓶罐罐、奇怪的藥物和一管管的藥膏。

我看到最上層的架子有罐綠色的玻璃瓶，「那是什麼？」我心想，並伸手打算取下瓶子。

可惜讓卡蘿捷足先登了。

「還我！」我叫著推她。

她也回推了我一把。

卡蘿在手裡把玩著瓶子，並將上頭的標籤讀給我聽：「狼人的汗水」。

「卡蘿——放回去！」我喝道，「真的，快放回去，別碰瓶子，卡蘿，別打開，千萬別……」

她咧嘴一笑，故意逗我，假裝要去拔瓶塞。

「不要啊——！」我尖聲叫道。

我衝過去，想把瓶子從她手上奪走。

可是一個失手——卻拔起了瓶蓋。

「哇——！」卡蘿大叫一聲，黃色的液體濺到我們兩人身上。

我翻著白眼，「看妳弄的！」我叫道，「妳想接下來會發生什麼事？」

「啊——嗚——！」卡蘿嚎道。

- 你沒辦法逃。
  You can't run away.
- 狼人又發動攻擊了！
  The werewolf attacks again!
- 今晚是滿月。
  It's a full moon tonight.
- 你們三個在做什麼？
  What are the three of you doing?
- 上回他做了一整晚的惡夢。
  Last time, he had nightmares all night.
- 我聽見瓷盤的碎裂聲。
  I heard the crash of broken plates.
- 我們倆從倒地的櫃子邊站開。
  We both stepped away from the fallen cabinet.
- 說不定裡頭藏了海盜寶藏。
  Maybe there's pirate treasure hidden back there.
- 我們需要手電筒。
  We need flashlights.
- 只有一個辦法可以知道。
  Only one way to find out.
- 要不要折回去？
  Want to turn back?
- 我以前從沒有見過棺材。
  I've never seen a coffin before.
- 如果你不幫我，我就自己動手。
  If you won't help me, I'll do it myself.
- 我的背脊一涼。
  A shiver ran down my back.

- 太怪了。
  Totally weird.
- 我從沒在電視上看過這種廣告！
  I've never seen it advertised on TV!
- 實在太難聞了！
  It smells so bad!
- 可是原本想打開瓶子的人不是你嗎！
  But you're the one who wanted to open it!
- 一秒鐘前他還不在呀。
  He wasn't there a second ago.
- 我很想離開。
  I wanted to leave.
- 你是怎麼進來的？
  How did you get here?
- 我們兩個從來不曾怕過。
  We have never been the least bit scared.
- 別鬧了！
  Snap out of it!
- 吸血鬼還跟著我們嗎？
  Was the vampire following us?
- 我會幫你找點別的東西喝！
  I'll get you something else to drink!
- 他有沒有咬你？
  Did he bite you?
- 很抱歉我們幫不了你。
  Sorry we can't help you.
- 我會回到我的時代。
  I will go back to my time.

我快要沒耐性了。
I'm losing my patience.

瓶子不是空的！
The bottle wasn't empty!

臭死了！
It stinks!

他把我們一起帶來了。
He took us with him.

卡蘿和我抱在一起。
Cara and I huddled together.

牠們看見我們了嗎？
Did they see us?

你們不屬於這裡。
You do not belong here.

我是個吸血鬼，不是魔術師。
I'm a vampire–not a magician.

你得送我們回家！
You've got to send us home!

鬼氣能讓我們恢復記憶。
Vampire Breath restores the memory.

我有個更好的辦法。
I have a much better plan.

這簡直是在浪費時間。
This is a waste of time.

一定有辦法逃出這座城堡的。
There's got to be a way out of this castle.

這座城堡跟監獄一樣。
This castle is like a prison.

- 我們將門打開往裡頭窺望。
  We pushed it open and peeked inside.
- 把窗敲破！
  Smash the window open!
- 我們在斷崖頂端！
  We're on top of a cliff!
- 我墜得太快，連自己的尖叫都聽不見。
  I was falling too fast to hear my own scream.
- 別再想逃跑了。
  Don't try to escape again.
- 卡蘿和我別無選擇。
  Cara and I had no choice.
- 我們向棺材走去。
  We made our way to the coffin.
- 我們得繼續找。
  We've got to keep searching.
- 卡蘿一手緊抓著瓶子。
  Cara gripped the bottle tightly in one hand.
- 你跟夜翼伯爵有關係嗎？
  Are you related to Count Nightwing?
- 我們跟著她穿過另一扇門。
  We followed her through another door.
- 我們到了嗎？
  Are we here?
- 這是逃走的唯一辦法！
  This is the only way to escape!
- 她準備再次攻擊。
  She prepared to attack again.

我們盲目的穿過黑暗的地下室。
We ran blindly through the dark basement.

我們在哪裡？
Where are we?

我知道其他人絕不會到這裡找。
I knew the others would never look here.

瓶子在硬地上碎成一片。
Glass shattered on the hard floor.

現在就把瓶子交給我。
Hand the bottle to me now.

可是我們還能怎麼辦？
But what else could we do?

什麼也沒發生。
Nothing is happening.

霧氣變得太濃了。
The fog had grown too thick.

我不想待在這裡！
I don't want to be here!

老吸血鬼頭一抬，又是一聲怒吼。
The old vampire tossed back his head in another angry wail.

你終於醒了！
You finally woke up!

放回去！
Put it back!

雞皮疙瘩系列 11

吸血鬼的鬼氣

原著書名——Vampire Breath
原出版社——Scholastic Inc.
作　　者——R.L. 史坦恩（R.L.STINE）
譯　　者——柯清心
責任編輯——劉枚瑛、何若文

國家圖書館出版品預行編目（CIP）資料

吸血鬼的鬼氣 / R.L. 史坦恩 (R.L. Stine) 著 ; 柯清心譯 .
-- 2 版 . -- 臺北市 : 商周出版 : 家庭傳媒城邦分公司發行 ,
民 104.11 160 面 ; 14.8x21 公分 . --（雞皮疙瘩系列 ; 11）
譯自 : Vampire breath
ISBN 978-986-272-776-8（平裝）
874.59　　104004334

版　　權——翁靜如、吳亭儀
行銷業務——林彥伶、石一志
總 編 輯——何宜珍
總 經 理——彭之琬
發 行 人——何飛鵬
法律顧問——台英國際商務法律事務所 羅明通律師
出　　版——商周出版
臺北市中山區民生東路二段 141 號 9 樓
電話：(02) 2500-7008 傳真：(02) 2500-7759
E-mail：bwp.service @ cite.com.tw
發　　行——英屬蓋曼群島商家庭傳媒股份有限公司城邦分公司
臺北市中山區民生東路二段 141 號 2 樓
讀者服務專線：0800-020-299 24 小時傳真服務：(02)2517-0999
讀者服務信箱 E-mail：cs @ cite.com.tw
劃撥帳號——19833503 戶名：英屬蓋曼群島商家庭傳媒股份有限公司城邦分公司
訂購服務——書虫股份有限公司客服專線：(02)2500-7718；2500-7719
服務時間：週一至週五上午 09:30-12:00；下午 13:30-17:00
24 小時傳真專線：(02)2500-1990；2500-1991
劃撥帳號：19863813 戶名：書虫股份有限公司
E-mail：service@readingclub.com.tw
香港發行所——城邦（香港）出版集團有限公司
香港 灣仔 駱克道 193 號超商業中心 1 樓
電話：(852) 2508-6231 傳真：(852) 2578-9337
馬新發行所——城邦（馬新）出版集團
Cité(M) Sdn. Bhd. 41, Jalan Radin Anum,
Bandar Baru Sri Petaling, 57000 Kuala Lumpur, Malaysia.
電話：(603)9057-8822 傳真：(603)9057-6622
商周出版部落格——http://bwp25007008.pixnet.net/blog
政院新聞局北市業字第 913 號

美術設計——王秀惠
印　　刷——卡樂彩色製版印刷有限公司
總 經 銷——聯合發行股份有限公司 新北市 231 新店區寶橋路 235 巷 6 弄 6 號 2 樓
電話：(02)2917-8022 傳真：(02)2911-0053

■ 2003 年（民 92）05 月初版
■ 2021 年（民 110）12 月 16 日 2 版 3 刷
■ 定價 / 199 元

ISBN 978-986-272-776-8

Goosebumps : vol. # 49 Vampire Breath

Printed in Taiwan
城邦讀書花園
www.cite.com.tw

商周出版

廣	告	回	函
北區郵政管理登記證			
台北廣字第000791號			
郵資已付，免貼郵票			

104 台北市民生東路二段 141 號 9 樓
城邦文化事業（股）有限公司
商周出版 收

請沿虛線對摺，謝謝！

Goosebumps
雞皮疙瘩

商周出版

書號：BG7051　　書名：吸血鬼的鬼氣　　編碼：

請於此處用膠水黏貼

商周出版

讀者回函卡

謝謝您購買我們出版的書籍！請費心填寫此回函卡，我們將不定期寄上城邦集團最新的出版訊息。

姓名：＿＿＿＿＿＿＿＿＿＿ 性別：□男 □女

生日：西元＿＿＿＿年＿＿＿＿月＿＿＿＿日

聯絡地址：＿＿＿＿＿＿＿＿＿＿

聯絡電話：＿＿＿＿＿＿＿＿＿＿傳真：＿＿＿＿＿＿＿＿＿＿

E-mail：＿＿＿＿＿＿＿＿＿＿

學歷：□1.小學 □2.國中 □3.高中 □4.大專 □5.研究所以上

職業：□1.學生 □2.軍公教 □3.服務 □4.金融 □5.製造 □6.資訊
□7.傳播 □8.自由業 □9.農漁牧 □10.家管 □11.退休 □12.其他
＿＿＿＿＿＿＿＿＿＿

您從何種方式得知本書消息？
□1.書店 □2.網路 □3.報紙 □4.雜誌 □5.廣播 □6.電視 □7.親友推薦
□8.其他＿＿＿＿＿＿＿＿＿＿

您在哪裡購買本書？
□1.金石堂（含金石堂網路書店） □2.誠品 □3.博客來 □4.何嘉仁
□5.其他＿＿＿＿＿＿＿＿＿＿

您喜歡閱讀的小說題材是？
□1.浪漫 □2.推理 □3.恐怖 □4.歷史 □5.科幻/奇幻 □6.冒險
□7.校園 □ 8.其他＿＿＿＿＿＿

您最喜歡的小說作家？
華人：＿＿＿＿＿＿＿＿＿＿ 國外：＿＿＿＿＿＿＿＿＿＿

最近看過最好看的小說是哪一本？
＿＿＿＿＿＿＿＿＿＿

請於此處用膠水黏貼

Goosebumps®

Goosebumps®